> **"** Farinha, açúcar e canela não fazem de casa, lar;
> asse doces paredes e ponha ossos para adoçar.
> Manteiga batida e creme, ovos e leite morno,
> asse um castelo pra rainha, na esperança de um
> retorno. **"**

— CONFEITARIA, MÚSICA INFANTIL COM PALMAS

SOB O CÉU AÇUCARADO

VOLUME 3 DA SÉRIE *CRIANÇAS DESAJUSTADAS*

SEANAN McGUIRE

SOB O CÉU AÇUCARADO

VOLUME 3 DA SÉRIE *CRIANÇAS DESAJUSTADAS*

TRADUÇÃO
CLÁUDIA MELLO BELHASSOF

Copyright © 2017 Seanan McGuire
Este livro foi negociado com Ute Körner Literary Agent, Barcelona –
www.uklitag.com e Books Crossing Borders Inc.

Título original em inglês: BENEATH THE SUGAR SKY

Direção editorial: VICTOR GOMES
Coordenação editorial: GIOVANA BOMENTRE
Tradução: CLÁUDIA MELLO BELHASSOF
Preparação: LETICIA CAMPOPIANO
Revisão: NATÁLIA MORI MARQUES
Design de capa: FORT
Imagens de capa: SEAN ROADWELL
Adaptação da capa original: BEATRIZ BORGES
Diagramação: DESENHO EDITORIAL

ESTA É UMA OBRA DE FICÇÃO. NOMES, PERSONAGENS, LUGARES, ORGANIZAÇÕES E SITUAÇÕES SÃO PRODUTOS DA IMAGINAÇÃO DO AUTOR OU USADOS COMO FICÇÃO. QUALQUER SEMELHANÇA COM FATOS REAIS É MERA COINCIDÊNCIA.

TODOS OS DIREITOS RESERVADOS. PROIBIDA A REPRODUÇÃO, NO TODO OU EM PARTES, ATRAVÉS DE QUAISQUER MEIOS. OS DIREITOS MORAIS DO AUTOR FORAM CONTEMPLADOS.

DADOS INTERNACIONAIS DE CATALOGAÇÃO NA PUBLICAÇÃO (CIP)

M478s McGuire, Seanan
Sob o céu açucarado/ Seanan McGuire; Tradução Cláudia
Mello Belhassof. – São Paulo: Editora Morro Branco, 2020.
p. 192; 14x21cm.
ISBN: 978-85-92795-92-4
1. Literatura americana – Romance. 2. Ficção americana. I.
Belhassof, Cláudia Mello. II. Título.
CDD 813

TODOS OS DIREITOS DESTA EDIÇÃO RESERVADOS À:
EDITORA MORRO BRANCO
Alameda Santos, 1357, 8º andar
01419-908 – São Paulo, SP – Brasil
Telefone (11) 3149-2080
www.editoramorrobranco.com.br

Impresso no Brasil
2020

Para Midori,
cuja porta está esperando

PARTE 1

OS ESPAÇOS VAZIOS

EM CASA
DE NOVO

As crianças sempre tropeçaram e caíram em tocas de coelho, mergulharam em espelhos, foram arrastadas por enchentes fora de época ou carregadas por tornados. As crianças sempre *viajaram* e, por serem jovens e perspicazes e cheias de contradições, nem sempre restringiram suas viagens ao que é possível. A vida adulta impõe limitações como a gravidade, a linearidade espacial e a ideia de que a hora de dormir é real, não um toque de recolher artificialmente imposto. Os adultos ainda conseguem tropeçar e cair em tocas de coelhos e entrar em armários encantados, mas isso acontece com menos frequência a cada ano que vivem. Talvez seja uma consequência natural de se viver em um mundo no qual ser cuidadoso é uma habilidade necessária à sobrevivência, em que a lógica afasta o potencial de alguma coisa maior e melhor do que o óbvio. A infância evapora e as fugas fantasiosas são substituídas pelas regras. Tornados matam pessoas: eles não as carregam para mundos mágicos.

Raposas falantes são um sinal de febre, não guias enviados para dar início a uma grande aventura. Mas as crianças, ah, as crianças. Crianças seguem raposas, abrem armários e espiam embaixo de pontes. Crianças escalam muros e caem em poços e correm pelo fio da navalha das possibilidades até que, às vezes, só às vezes, o possível se rende e lhes mostra o caminho para casa.

Tornar-se o salvador de um mundo de mistérios e magia antes de completar catorze anos não ensina exatamente a ser cauteloso, na maioria dos casos, e muitas das crianças que caem nas fendas do mundo em que nasceram um dia acabarão abrindo a porta errada, espiando pelo buraco da fechadura errado e parando exatamente onde começaram. Para alguns, isso é uma bênção. Para alguns, é fácil deixar as aventuras e as impossibilidades do passado para trás, escolhendo a sanidade, a previsibilidade e o mundo no qual nasceram. Para outros...

Para outros, o encanto de um mundo no qual eles *se encaixam* é grande demais para escapar, e eles passam o restante da vida sacudindo janelas e espiando por fechaduras, tentando encontrar o caminho para casa. Tentando encontrar a porta perfeita que pode levá-los para lá, apesar de tudo, apesar da improbabilidade de tudo.

Essas crianças milagrosas, desgastadas e devolvidas podem ser de difícil compreensão para a família. Elas parecem mentirosas para quem nunca teve a própria porta. Parecem sonhadoras. Parecem... indispostas para os caridosos e simplesmente doentes para os cruéis. Alguma coisa precisa ser feita.

Alguma coisa como a matrícula no Lar de Eleanor West para Crianças Desajustadas, uma escola para aqueles que foram e voltaram e têm esperança de ir novamente, quando o vento soprar para o lado certo, quando as estrelas estiverem brilhando, quando o mundo se lembrar do que é ter piedade pelos saudosos e pelos perdidos. Ali, elas podem estar entre semelhantes, se é que têm semelhantes: podem estar com pessoas que entendem o que é ter uma porta trancada entre elas e o seu lar. As regras da escola são simples. Cicatrize-se. Tenha esperança. E, se conseguir, encontre o caminho de volta para casa.

Sem vendedores. Sem visitantes.

Sem aventuras.

1

UMA PORTA SE ABRE, OUTRA É ARRANCADA DE SUAS DOBRADIÇAS

O outono havia chegado no Lar de Eleanor West para Crianças Desajustadas como sempre: com folhas desbotadas, o gramado amarelando e o cheiro constante de chuva iminente pesando no ar, uma promessa sazonal ainda a ser cumprida. Os arbustos de amoras nos fundos do campo se enchiam, repletos de frutas, e vários alunos passavam as tardes com baldes nas mãos, ficando com os dedos roxos e reconfortando seus corações selvagens.

Kade verificou a vedação das janelas uma por uma, passando massa de vidraceiro nos locais onde a umidade parecia ter encontrado um caminho para entrar, com um olho na biblioteca e outro no céu.

Angela também observava o céu, esperando um arco-íris, com os sapatos comuns nos pés e os encantados pendendo no ombro, os cadarços amarrados com um nó cuidadoso e complicado. Se a luz e a água se unissem *só um tiquinho*, se o arco-íris tocasse em algum lugar que pudesse alcançar, ela iria embora, correndo, correndo e correndo até chegar em casa.

Christopher, cuja porta se abriria – se é que se abriria de novo para ele, caso conseguisse encontrar seu caminho de volta para casa – no Dia dos Mortos, estava sentado no bosque de árvores atrás da casa, tocando músicas cada vez mais elaboradas em sua flauta de osso, tentando se preparar para o momento de decepção, em que a porta não aparecesse, ou de euforia avassaladora, quando a Menina Esqueleto o chamasse de volta ao local ao qual ele pertencia.

E assim era em toda a escola, cada aluno se preparando para a mudança de estação da maneira que parecia mais adequada, mais reconfortante, mais provável de ajudá-los a atravessar o inverno. As meninas que tinham ido a mundos definidos pelo verão se trancavam em seus quartos e choravam, encarando a perspectiva de mais seis meses presas nesta terra natal que, de algum jeito, entre um instante e o seguinte, tornara-se uma prisão; outras, cujos mundos eram locais de neve eterna, peles quentes, lareiras acesas e vinho doce aquecido alegravam-se, vendo a própria oportunidade de encontrar o caminho de volta abrir-se como uma flor diante delas.

A própria Eleanor West, uma mulher ativa de 97 anos que poderia passar por alguém com menos de 70, o que muitas vezes acontecia quando interagia com pessoas de fora da escola, andava pelos corredores com olhar de carpinteiro, procurando sinais de alguma coisa solta, observando o teto em busca de sinais de apodrecimento. Era necessário contratar empreiteiros de tempos em tempos para manter tudo de pé. Ela odiava o incômodo. As crianças não gostavam de fingir que eram delinquentes comuns, internadas pelos pais por provocarem incêndios ou quebrarem janelas, quando, na verdade, tinham sido internadas por matarem dragões e se recusarem a dizer que não tinham feito isso. As mentiras pareciam mesquinhas e pequenas e ela não podia culpá-las por se sentirem assim, embora achasse que mudariam o tom se ela adiasse a manutenção e um pedaço de gesso caísse em suas cabeças.

Equilibrar as necessidades dos alunos com as da escola era cansativo, e ela ansiava pelo retorno ao Absurdo e pela desatenção que sabia que lhe esperava em algum lugar à frente, no país dourado do futuro. Como as crianças de quem havia aceitado cuidar, Eleanor West estava tentando voltar para casa desde que conseguia se lembrar. Diferentemente da maioria delas, sua batalha era medida em décadas, não meses... e, diferentemente da maioria, ela havia visto dezenas de viajantes encontrarem seu caminho de volta para casa enquanto ficava parada ali, incapaz de segui-los, incapaz de fazer qualquer coisa além de chorar.

Às vezes achava que essa podia ser aquela pitada de magia verdadeira deste mundo: tantas crianças tinham encontrado seu caminho de volta para casa sob os seus cuidados, e nenhum pai ou mãe a tinha acusado de transgressão nem tentado começar uma investigação sobre o desaparecimento de seus amados filhos. Ela sabia que os pais as amavam; tinha os ouvido chorar e os visto segurar as mãos de mães que encaravam estoicamente as sombras, incapazes de se mexer, incapazes de processar o tamanho da sua tristeza. Mas nenhum deles a chamou de assassina nem exigiu que as portas da escola fossem fechadas. Eles sabiam. Em algum nível, sabiam, muito antes de ela ir até eles com os documentos de admissão em mãos, que os filhos só tinham voltado para eles por tempo suficiente para se despedir.

Uma das portas do corredor se abriu e uma menina saiu, com a atenção fixa no celular. Eleanor parou. Colisões eram coisas desagradáveis e deviam ser evitadas sempre que possível. A menina se virou na direção dela, ainda olhando para a tela.

Eleanor bateu a ponta da bengala no chão. A menina parou e levantou o olhar, as bochechas ficando muito vermelhas à medida que finalmente percebeu que não estava sozinha.

— Hum — disse ela. — Bom dia, dona West.

— Bom dia, Cora — respondeu Eleanor. — E, por favor, só Eleanor, se não se importar. Posso ser velha e ficar mais velha ainda, mas nunca fui dona. Eu gosto de deixar as coisas bem livres por onde passo.

Cora pareceu confusa. Isso era comum com alunos novos. Eles ainda estavam se adaptando à ideia de um lugar no qual as pessoas acreditavam neles, onde dizer coisas impossíveis valia um movimento dos ombros e um comentário sobre alguma coisa igualmente impossível, em vez de um insulto ou uma acusação de insanidade.

— Sim, senhora — disse Cora finalmente.

Eleanor engoliu um suspiro. Cora ia mudar de ideia. Se não fizesse isso por conta própria, Kade teria uma conversa com ela. Ele se tornara o braço direito de Eleanor desde a morte de Lundy, e Eleanor teria se sentido mal por isso – ele ainda era apenas um menino, ainda devia estar correndo pelas campinas e subindo em árvores, não preenchendo documentos e montando currículos –, mas Kade era um caso especial e ela não podia negar que precisava dessa ajuda. Um dia, ele administraria esta escola. Era melhor que começasse a se preparar desde já.

— Como está sua adaptação, querida? — perguntou ela.

Cora ficou radiante. Era notável como ficava bonita quando parava de parecer rígida, confusa e um pouco perdida. Era uma menina baixinha e roliça, repleta de curvas: o leve declive dos seios e da barriga, a suave espessura dos braços e das coxas, a surpreendente delicadeza dos pulsos e tornozelos. Seus olhos eram muito azuis e o cabelo comprido, originalmente castanho como a grama do quintal, mas que agora tinha uma dezena de tons de verde e azul, como um tipo de peixe tropical.

(Ele voltaria a ser castanho se ela ficasse aqui por tempo suficiente, se ficasse seca. Eleanor conhecera outras crianças que haviam viajado pela porta de Cora e sabia, embora nunca fosse contar a Cora, que, no dia em que o verde e o azul começassem a desbotar – fosse amanhã ou daqui a um ano –, esse seria o momento em que a porta se trancaria para sempre, e Cora ficaria eternamente naufragada nesta orla agora estrangeira.)

— Todo mundo tem sido muito legal — disse ela. — Kade disse que sabe onde fica o meu mundo na bússola, e vai me ajudar a pesquisar outras pessoas que foram lá. Hum, e a Angela me apresentou a todas as outras meninas e algumas delas também foram a mundos aquáticos, então temos muita coisa para conversar.

— Isso é maravilhoso — disse Eleanor, e era sincero. — Se precisar de alguma coisa, me avise, está bem? Quero que todos os meus alunos sejam felizes.

— Sim, senhora — disse Cora, e o brilho desbotou. Ela mordeu o lábio enquanto guardava o celular no bolso e disse:
— Tenho de ir. Hum, Nadya e eu vamos até a lagoa.

— Lembre-a de levar um casaco, por favor. Ela sente frio com facilidade. — Eleanor deu um passo para o lado, deixando Cora se afastar correndo. Ela não conseguia mais acompanhar os alunos e achava que isso era uma coisa boa; quanto mais cedo se esgotasse, mais cedo poderia ir para casa. Mas, ah, como estava cansada de envelhecer.

Cora desceu a escada correndo, os ombros levemente encolhidos para dentro, esperando por uma chacota ou um insulto que não aconteceu. Nas seis semanas desde que tinha chegado à escola, ninguém a chamara de "gorda" como se fosse outra palavra para "monstro", nem uma única vez. Kade, que era o alfaiate não oficial e tinha um monte de roupas deixadas para trás por alunos que partiram nas últimas décadas, olhou-a de cima a baixo e disse um número que a fez querer morrer um pouco por dentro, até perceber que não havia julgamento no seu tom: ele só queria que as roupas servissem nela.

Os outros alunos se provocavam e brigavam e usavam nomes diferentes, mas esses nomes eram sempre relacionados a coisas que tinham feito ou lugares aonde tinham ido, não ao que eles *eram*. O braço direito de Nadya terminava no cotovelo e ninguém a chamava de "cotoco", "aleijada" ou qualquer outra coisa que Cora *sabia* que a chamariam se ela estivesse em sua antiga escola. Era como se todos tivessem aprendido a ser um pouco mais gentis ou, pelo menos, um pouco mais cuidadosos em relação aos seus julgamentos.

Cora fora gorda a vida toda. Foi um bebê gordo, uma criança de colo gorda nas aulas de natação e uma criança gorda no ensino fundamental. Dia após dia, aprendeu que "gorda" era outro jeito de dizer "inútil, feia, desperdício de espaço, indesejada, repulsiva". Tinha começado a acreditar nisso quando estava no terceiro ano, por que o que mais poderia fazer?

Então, ela havia caído nas Trincheiras (não pense em como ela chegou lá não pense em como ela pode voltar *não faça isso*) e, de repente, tinha ficado bonita. De repente, ficara forte, protegida contra o frio amargo da água, capaz de mergulhar mais fundo e nadar mais longe do que qualquer pessoa da escola. De repente, era uma heroína, corajosa, esperta e amada. E, no dia em que foi sugada para aquele redemoinho e jogada no próprio quintal, em terra seca novamente, sem guelras no pescoço ou barbatanas nos pés, quis morrer. Achou que nunca mais seria bonita.

Mas talvez aqui... talvez aqui pudesse ser. Talvez aqui tivesse permissão. Todo mundo estava lutando pelo próprio senso de segurança, de beleza, de pertencimento. Talvez também pudesse fazer isso.

Nadya estava esperando no alpendre, analisando as unhas da mão com a calma intensidade de uma barreira se preparando para romper. Levantou o olhar ao ouvir a porta se fechar.

— Você está atrasada. — O fantasma de um sotaque russo se arrastava nas palavras e se enroscava como plantas aquáticas em suas vogais, pálido e fino como um lenço de papel.

— A srta. West estava no corredor em frente ao meu quarto. — Cora balançou a cabeça. — Não achei que ela estaria ali. Ela é muito *silenciosa* para alguém tão *velha*.

— Ela é mais velha do que parece — disse Nadya. — Kade diz que ela tem quase cem anos.

Cora franziu a testa.

— Isso não faz sentido.

— Diz a garota cujo cabelo cresce verde e azul por toda parte — disse Nadya. — É um milagre os seus pais terem trazido você para cá antes que as empresas de beleza a pegassem para tentar descobrir o mistério da garota com pelos pubianos de algas marinhas.

— Ei! — gritou Cora.

Nadya riu e começou a descer o alpendre, dois degraus de cada vez, como se não confiasse que pudessem levá-la aonde ela precisava ir.

— Eu só digo a verdade, porque amo você e porque um dia você estará na capa das revistas de supermercado. Bem ao lado do Tom Cruise e dos alienígenas da Cientologia.

— Só porque você vai me entregar — disse Cora. — A srta. West me pediu para te lembrar de levar um casaco.

— A srta. West pode me trazer um casaco, se deseja tanto que eu vista um — disse Nadya. — Eu não sinto frio.

— Não, mas você *de fato* pega resfriados o tempo todo e acho que ela está cansada de ouvi-la tossir até o pulmão explodir.

Nadya acenou a mão com desdém.

— Devemos sofrer para ter a nossa chance de voltar para casa. Agora venha, vem logo. Aquelas tartarugas não vão se virar sozinhas.

Cora balançou a cabeça e se apressou.

Nadya era uma das alunas antigas da escola: cinco anos até agora, desde os onze até os dezesseis. Nesses cinco anos, não houve nenhum sinal de sua porta aparecer ou de ela pedir aos pais adotivos para a levarem para casa. Isso era incomum. Todo mundo sabia que os pais podiam recolher os filhos a qualquer momento, que tudo que Nadya precisava fazer era pedir e poderia voltar à vida que levava antes... bem, antes de tudo.

De acordo com todas as pessoas com quem Cora falara, a maioria dos alunos decidia voltar à velha vida depois de quatro anos sem que uma porta aparecesse.

— É aí que eles desistem — dissera Kade, sua expressão ficando triste. — É aí que dizem "Não posso viver por um mundo que não me quer, então acho que é melhor aprender a viver no mundo que tenho".

Nadya não. Ela não pertencia a nenhum grupo ou círculo social, não tinha muitos amigos próximos – nem parecia querê-los –, mas também não ia embora. Ela ia da sala de aula para a lagoa de tartarugas, da banheira para a cama, e mantinha o cabelo sempre molhado, não importava quantos resfriados pegasse, e nunca deixava de procurar as bolhas na água que marcariam seu caminho de volta para Belyyreka, o Mundo Afogado e a Terra Embaixo do Lago.

Nadya se aproximara de Cora no seu primeiro dia na escola, quando ela estava em pé congelada na porta do salão de jantar, apavorada demais para comer – e se a chamassem por nomes desagradáveis? – e apavorada demais para se virar e sair correndo – e se zombassem dela pelas costas?

— Você, garota nova — dissera ela. — Angela me disse que você é uma sereia. É verdade?

Cora tinha ficado nervosa e gaguejado e, de algum jeito, sinalizado que sim. Nadya sorrira e pegara Cora pelo braço.

— Ótimo — dissera ela. — Recebi ordens para fazer mais amizades e você parece ser adequada. Nós, meninas úmidas, temos que nos unir.

Nas semanas seguintes, Nadya tinha sido a melhor e a pior amiga, inclinada a entrar de repente no quarto de Cora sem bater, incomodar sua colega de quarto e tentar convencer a srta. West a trocá-las de quarto para as duas ficarem juntas. A srta. West recusava sempre, alegando que mais ninguém na escola conseguiria encontrar uma toalha se as duas meninas que mais tomavam banhos estivessem juntas para encorajar uma à outra.

Cora nunca tivera uma amiga como Nadya. Ela achava que gostava disso. Era difícil dizer: a novidade toda ainda era muito avassaladora.

A lagoa de tartarugas era um disco prateado liso no campo, lustroso por causa da luz do sol, a superfície interrompida pelos discos achatados das tartarugas, flutuando para seja lá quais fossem as estranhas tarefas que tartarugas realizassem antes da hibernação. Nadya pegou um graveto no chão e saiu correndo, deixando Cora para trás, seguindo-a como um balão fiel.

— Tartarugas! — gritou Nadya. — Sua rainha voltou!

Ela não parou quando chegou à margem da lagoa, mas mergulhou feliz, espalhando água na parte rasa, interrompendo a tranquilidade perfeita da superfície. Cora parou a alguns metros da água. Ela preferia o oceano, preferia a água salgada e o delicado vigor das ondas na pele. A água doce não era suficiente.

— Voltem, tartarugas! — gritou Nadya. — Voltem e me deixem amá-las!

Foi aí que uma menina caiu do céu no meio da lagoa de tartarugas espalhando a água e lançando as tartarugas para o alto, deixando Cora e Nadya encharcadas com uma onda de água enlameada da lagoa.

2
A GRAVIDADE ACONTECE NAS MELHORES FAMÍLIAS

A garota na lagoa emergiu cuspindo água, com algas no cabelo e uma tartaruga muito confusa escondida nos drapeados complicados do seu vestido, que parecia ser o resultado de alguém decidindo fazer um híbrido de vestido de festa com um bolo de casamento, depois de tingir ambos de rosa-choque. Ele também parecia estar se dissolvendo, escorrendo pelos braços, desmoronando na costura. Ela ia ficar nua em pouco tempo.

A menina na lagoa não pareceu perceber ou talvez simplesmente não se importasse. Limpou dos olhos a água e o vestido em ruínas, afastando tudo para o lado, e virou-se de um jeito selvagem até ver Cora e Nadya paradas na margem, boquiabertas, olhando para ela.

— Vocês! — gritou ela, apontando para as duas. — Me levem ao seu líder!

A boca de Cora se fechou com um estalo. Nadya continuou boquiaberta. Ambas tinham viajado para lugares onde as regras eram diferentes – Cora para um mundo de bela Razão, Nadya para um mundo de impecável Lógica. Nada disso as tinha preparado para mulheres que caíam do céu em uma chuva de tartarugas e começavam a gritar, muito menos aqui, em um mundo que ambas consideravam tragicamente previsível e chato.

Cora se recuperou primeiro.

— Você está falando da srta. Eleanor? — perguntou. Um alívio veio com a pergunta. Sim. A garota, que aparentava ter uns dezessete anos, ia querer falar com a srta. Eleanor. Talvez fosse uma nova aluna e a matrícula funcionasse assim no meio do semestre.

— Não — disse a garota mal-humorada cruzando os braços e expulsando a tartaruga no seu ombro. Ela caiu de volta na lagoa com um *ploft* retumbante. — Eu estava falando da minha mãe. Ela está no comando em casa, então deve estar no comando aqui. É simplesmente — seu lábio se curvou e ela cuspiu a palavra seguinte como se o gosto fosse ruim — *lógico*.

— Qual é o nome da sua mãe? — perguntou Cora.

— Onishi Sumi — respondeu a garota.

Nadya finalmente se livrou do choque.

— Isso não é possível — disse ela, fuzilando a garota com os olhos. — Sumi está morta.

A garota encarou Nadya. A garota se abaixou, enfiando a mão na lagoa, e pegou uma tartaruga, que lançou com toda força possível na cabeça de Nadya. Nadya se abaixou. O vestido da garota, finalmente despedaçado pela água, caiu totalmente, deixando-a nua e coberta com um limo rosado. Cora tampou os olhos.

Talvez sair do quarto hoje não tenha sido uma boa ideia, no fim das contas.

A maioria das pessoas presumia, ao conhecer Cora, que ela ser gorda também significava que era preguiçosa ou, no mínimo, que não era saudável. Era verdade que precisava enfaixar os joelhos e tornozelos antes de fazer algum exercício pesado – algumas faixas de esparadrapo podiam salvá-la de muita dor posterior –, mas esse era o limite dessa suposição. Ela sempre fora uma corredora. Quando pequena, sua mãe não se preocupava com seu peso, porque ninguém que observasse Cora correndo pelo quintal poderia acreditar que havia alguma coisa errada com ela. Era gorducha porque estava se preparando para um pico de crescimento, só isso.

O pico de crescimento, quando chegou, não foi suficiente para consumir as reservas de Cora, porém, ela continuava correndo. Corria com o tipo de velocidade que as pessoas achavam que era reservada para garotas como Nadya, garotas que cortavam o vento como uma faca em vez de terem nascido como nuvens vivas, grandes, macias e ligeiras.

Ela chegou aos degraus da frente, seus pés pisando com força e os braços latejando, tão consumida pelo ato de correr que não estava exatamente olhando para onde ia, e deu de cara com Christopher, fazendo os dois caírem. Ela deu um gritinho agudo. Christopher berrou. Eles pousaram em uma confusão de galhos na base do alpendre, ele quase todo sob ela.

— Ai — disse Christopher.

— Aiporra! — A exclamação saiu como uma única palavra, colada pelo estresse e pelo terror. Era isso: este era o momento em que ela deixava de ser a nova aluna e se tornava a garota gorda desajeitada. Ela se afastou dele o mais rápido possível, perdendo o equilíbrio no processo, de modo que rolou para longe em vez de ficar de pé. Quando estava longe o suficiente para não ter mais contato físico, ficou de quatro, olhando-o preocupada. Ele ia gritar, depois ela ia chorar e, enquanto isso, Nadya ficaria sozinha com a desconhecida que estava procurando uma pessoa morta. E o dia tinha começado tão *bem*.

Christopher a estava encarando, parecendo igualmente preocupado, parecendo igualmente *machucado*. Enquanto ela observava, ele pegou a flauta de osso do chão e disse, em um tom magoado:

— Não é contagioso, sabe.

— O que não é contagioso?

— Ir para um mundo que não é cheio de unicórnios e arco-íris. Não pega. Tocar em mim não muda para onde você foi.

As bochechas de Cora brilhavam vermelhas.

— Ah, não! — disse ela, as mãos se agitando diante de si como um peixe-papagaio capturado tentando fugir. — Eu não queria... eu não ia... quero dizer, eu...

— Está tudo bem. — Christopher se levantou. Ele era alto e magro, com pele marrom e cabelo preto e um pequeno alfinete com formato de crânio na lapela esquerda. Ele sempre usava um casaco, em parte por causa dos bolsos e em parte para estar preparado para fugir. A maioria deles era assim. Sempre mantinham consigo os sapatos, as tesouras, os talismãs que queriam ter à mão quando suas portas reaparecessem e tivessem de fazer a escolha entre ir ou ficar. — Você não é a primeira.

— Achei que você ia ficar com raiva de mim por te atropelar e ia me chamar de gorda — deixou escapar Cora.

As sobrancelhas de Christopher se ergueram.

— Eu... ok, por essa eu não esperava. Eu, hum. Não sei o que dizer em relação a isso.

— Eu *sei* que sou gorda, mas o problema é o modo como as pessoas falam isso — disse Cora, as mãos finalmente se acalmando. — Achei que você ia falar do jeito ruim.

— Eu entendo — disse Christopher. — Sou filho de mexicanos. Era nojenta a quantidade de pessoas da minha antiga escola que achava engraçado me chamar de bebê--âncora ou perguntar, fingindo preocupação, se os meus pais eram legalizados. Cheguei ao ponto de não querer falar "mexicano", porque parecia um insulto na boca deles, quando, na verdade, era minha cultura e minha herança e minha família. Então, eu entendo. Não gosto de entender, mas não é culpa sua.

— Ah, que bom — disse Cora, suspirando de alívio. Depois franziu o nariz e disse: — Tenho que ir. Preciso encontrar a srta. Eleanor.

— Era por isso que você estava tão apressada?

— Aham. — Ela fez que sim com a cabeça rapidamente. — Tem uma garota estranha na lagoa de tartarugas e ela diz que é filha de alguém de quem eu nunca ouvi falar, mas que Nadya diz que está morta, então acho que precisamos de um adulto.

— Se você precisa de um adulto, é melhor procurar o Kade, não a Eleanor — disse Christopher. Ele começou a ir em direção à porta. — Quem é a pessoa morta?

— Alguém chamada Sumi.

Os dedos de Christopher apertaram a flauta de osso com força.

— Ande mais rápido — disse ele e Cora obedeceu, seguindo-o degraus acima e entrando na escola.

Os corredores estavam frios e vazios. Não havia nenhuma aula em andamento; os outros alunos estavam espalhados pelo campus, conversando na cozinha, dormindo nos quartos. Para um lugar que explodia de barulho e vida nas circunstâncias certas, o local ficava surpreendentemente silencioso com frequência.

— Sumi era aluna daqui antes de você chegar — disse Christopher. — Ela foi para um mundo chamado Confeitaria, onde irritou a Condessa do Algodão-Doce e foi expulsa como exilada política.

— Os pais dela a levaram embora?

— Ela foi assassinada.

Cora assentiu solenemente. Tinha ouvido falar dos assassinatos, da garota chamada Jill que decidiu que o jeito de abrir a própria porta era remover as portas de quantas pessoas achasse necessário. Havia um tanto de pavor nessas histórias e também um tanto de compreensão vergonhosa. Muitos deles – não todos, nem mesmo a maioria, mas muitos – teriam feito a mesma coisa se tivessem as habilidades necessárias. Algumas pessoas pareciam ter certo respeito rancoroso pelo que Jill fizera. Claro, ela havia matado pessoas. No fim, isso foi suficiente para levá-la de volta para casa.

— A pessoa que a matou não era minha amiga de verdade, mas a irmã dela meio que era. Éramos... Jack e Jill foram para um mundo chamado Charnecas, que era meio que um filme de terror, pelo modo como elas descreveram. Muitas pessoas me juntaram a elas, por causa de Mariposa.

— Você foi para esse mundo?

Christopher assentiu.

— Eleanor ainda não conseguiu decidir se era uma Terra das Fadas, um Submundo ou alguma coisa nova e intermediária. É por isso que as pessoas não devem se prender demais a rótulos. Às vezes eu acho que isso é parte do que fazemos errado. Tentamos fazer as coisas terem sentido, mesmo quando elas nunca terão.

Cora não disse nada.

O corredor terminava na porta fechada do estúdio de Eleanor. Christopher bateu duas vezes na madeira, depois a abriu sem esperar ser chamado.

Eleanor estava lá dentro, com um pincel na mão, colocando camadas de tinta em uma tela que parecia já ter sido submetida a mais do que algumas camadas. Kade também estava lá, sentado no banco da janela, com uma caneca de café entre as duas mãos. Os dois olharam para a porta aberta: Eleanor com prazer, Kade com uma confusão lenta.

— Cora! — disse ela. — Você veio pintar comigo, querida? E Christopher. É maravilhoso ver você fazendo amigos, depois de tudo.

Christopher fez uma careta.

— Sim, srta. Eleanor — disse ele. — Na verdade, não estamos aqui para uma aula de artes. Tem alguém na lagoa de tartarugas.

— Nadya? — perguntou Kade.

— Desta vez, não — respondeu Cora. — Ela caiu do céu, tem cabelo preto, e o vestido dela se desmanchou quando molhou e ela diz... — Cora parou, chegando a um ponto de impossibilidade após o qual mesmo ela, que tinha lutado contra a Serpente das Lágrimas Congeladas, não conseguia prosseguir.

Por sorte, Christopher não tinha esses limites.

— Ela diz que é filha de Sumi. Alguém pode fazer o favor de ir até a lagoa de tartarugas e descobrir que diabos está acontecendo?

Kade ajustou a postura no banco.

— Eu vou — disse ele.

— Vá — disse Eleanor. — Eu limpo aqui. Traga a menina para o escritório quando terminar.

Kade assentiu e desceu do banco, abandonando a caneca enquanto se apressava para pegar Cora e Christopher e conduzi-los porta afora. Eleanor observou em silêncio os três saírem. Quando a porta se fechou atrás deles, ela colocou a cabeça entre as mãos.

O mundo de Sumi, Confeitaria, era um mundo Absurdo, desprendido das leis normais que governavam a ordem das coisas. Havia uma espécie de profecia dizendo que Sumi um dia voltaria e derrotaria os exércitos da Rainha dos Bolos, estabelecendo a própria monarquia benevolente. Não era irracional pensar que o futuro tinha se sentido confortável em realizar suas tarefas, já que havia uma profecia. E agora Sumi estava morta e o futuro, qualquer que tivesse sido, estava desmoronando.

Tudo desmoronava quando era entregue aos próprios caprichos por tempo suficiente. Futuros, passados, não importava. Tudo desmoronava.

3
FILHA DE UMA MULHER MORTA

A desconhecida não estava mais na lagoa de tartarugas. Isso foi um avanço, de certo modo, mas só de certo modo: sem a água e as tartarugas para se enrolar, não lhe restava nenhuma roupa. Ela estava em pé nua na lama, os braços cruzados, olhando furiosa para Nadya, que tentava olhar para qualquer outra coisa.

Christopher assobiou quando chegou à ladeira, andando à esquerda de Kade. Cora, que estava à direita, ficou vermelha e desviou o olhar.

— Ela se parece um pouco com Sumi, se Sumi fosse mais velha, mais alta e mais gostosa — comentou Christopher. — Alguém fez um pedido em uma empresa que joga lindas garotas japonesas do céu? Eles aceitam pedidos especiais?

— O único tipo de garota que você ia querer que caísse na sua cabeça seria de uma empresa de suprimentos médicos — disse Kade.

Christopher riu. Cora ficou mais vermelha ainda.

Nadya, que tinha visto os três, acenava os braços freneticamente sobre a cabeça, sinalizando seu estresse. Como se isso não fosse suficiente, ela gritou:

— Aqui! Ao lado da mulher pelada!

— Um bolo é um bolo, esteja ele coberto ou não — disse a desconhecida de um jeito recatado.

— Você não é um bolo, você é um *ser humano*, e eu estou vendo sua *vagina* — vociferou Nadya.

A desconhecida deu de ombros.

— Ela é bonita. Não tenho vergonha dela.

Kade andou um pouco mais rápido. Quando estava perto o suficiente para falar sem precisar gritar, disse:

— Olá. Meu nome é Kade West. Sou assistente da diretora aqui no Lar de Eleanor West para Crianças Desajustadas. Posso ajudar?

A garota nua se virou para encará-lo, baixando os braços e começando a gesticular violentamente. O fato de agora estar falando com dois garotos, além das duas garotas que estavam ali quando caiu do céu, não pareceu perturbá-la nem um pouco.

— Estou procurando a minha *mãe* — disse ela bem alto.

— Ela estava aqui e agora não está, e eu tenho um problema, então vão encontrá-la e tragam-na até aqui *agora mesmo*, porque eu preciso mais dela do que vocês!

— Calma — disse Kade e, por ele ter feito o pedido parecer muito razoável, a desconhecida parou de gritar e simplesmente olhou para ele, piscando os olhos arregalados e um pouco desnorteados. — Vamos começar com uma coisa fácil. Qual é o seu nome?

— Onishi Rini — disse a desconhecida; Ela realmente se parecia muito com Sumi, se Sumi tivesse tido permissão de viver por tempo suficiente para terminar de atravessar as reviravoltas e os becos sem saída da puberdade, ficando alta, ágil e peituda. Só os olhos eram diferentes. Tinham um tom chocante de laranja na maior parte, com um contorno fino e branco ao redor das pupilas e um anel amarelo fino ao redor das íris.

Seus olhos eram como milho doce. Kade olhou para eles e soube, sem questionar, sem dúvidas, que ela era filha de Sumi, que, em algum futuro, um futuro impossível e destruído, Sumi tinha conseguido voltar para casa e encontrado seu fazendeiro que plantava milho doce. Que, em algum lugar, de algum jeito, Sumi tinha sido feliz, até, de algum modo, seu eu passado ter sido assassinado e tudo ter desabado.

Às vezes, viver na fronteira do Absurdo simplesmente não era justo.

— Meu nome é Kade — disse ele. — Esses são meus amigos: Christopher, Cora e Nadya.

— Não sou amiga dele — disse Nadya. — Sou uma Garota Afogada. — Ela mostrou os dentes em uma falsa ameaça.

Kade a ignorou.

— É um prazer conhecê-la, Rini. Eu só queria que fosse em circunstâncias um pouco melhores. Vamos até a casa comigo? Eu administro o guarda-roupas da escola. Posso encontrar alguma coisa para você vestir.

— Por quê? — perguntou Rini, irritada. — Você também está ofendido pela minha vagina? As pessoas deste mundo não as têm?

— Muitas pessoas têm e não há nada de errado com elas. E, além do mais, isso é sua vulva, mas considera-se um pouco grosseiro andar por aí mostrando suas genitálias para pessoas que não pediram para vê-las — disse Kade. — Eleanor está na casa e, depois que você estiver vestida, podemos nos sentar e conversar.

— Não tenho tempo para conversar — disse Rini. — Preciso da minha mãe. Por favor, onde ela está?

— Rini...

— Vocês não *entendem!* — A voz de Rini era um uivo angustiado. Ela estendeu a mão esquerda. — Eu não tenho tempo!

— Hum — disse Nadya.

Essa foi a única coisa que algum deles disse. O restante estava ocupado olhando para a mão esquerda de Rini, com dois dedos a menos. Não tinham sido cortados: não havia uma cicatriz. Ela não havia nascido daquele jeito: o lugar onde seus dedos deveriam estar era obviamente vazio demais, como um buraco no mundo. Eles simplesmente tinham desaparecido, sumindo da existência como o próprio futuro, preso à ideia de que, de algum jeito, a mãe dela nunca havia sido capaz de concebê-la, por isso ela nunca havia nascido.

Rini baixou a mão.

— Por favor — repetiu ela.

— Isso muda tudo — disse Kade. — Vem comigo.

R ini era alta e magra, mas vários alunos eram altos e magros: alunos demais, na avaliação de Cora. Ela não gostava da ideia de que as pessoas que já tinham corpos socialmente aceitáveis também participassem de aventuras. Sabia que era um pensamento baixo e mesquinho, que ela nem deveria ter, muito menos estimular, mas não conseguia se impedir de sentir aquilo. Rini tinha o senso de moda de um rouxinol bêbado, atraído por cores brilhantes e reluzentes. Isso também não era incomum entre os alunos, muitos dos quais tinham viajado para mundos onde a ideia de sutileza era ignorada em prol da ideia muito mais divertida de ferir os olhos alheios.

Por fim, Kade a convenceu a escolher um vestido de arco-íris, tingido de modo que as cores se derretessem umas nas outras como uma bola de sorbet ao sol. Ele lhe dera chinelos, ambos do mesmo estilo e tamanho, mas tingidos de maneira diferente, de modo que um era laranja papoula e, o outro, azul-turquesa. Ela também recebeu fitas para amarrar o cabelo e agora estavam sentados, todos os cinco, na sala de Eleanor.

Ela estava sentada atrás da mesa de trabalho, as mãos entrelaçadas com firmeza, como uma criança prestes a fazer suas orações noturnas.

—... e é por isso que ela não pode estar morta — concluiu Rini. A história foi longa, dispersa e às vezes sem sentido, cheia de golpes políticos e guerras de bolas de pipoca, que eram parecidas com guerras de bolas de neve, só que mais grudentas. Ela olhou ao redor para os outros, a expressão entre triunfante e esperançosa. Ela havia apresentado a questão, exposto diante de todos aos poucos, e estava pronta para receber sua recompensa. — Então, por favor, podemos ir mandá-la parar? Eu preciso existir. É importante.

— Sinto muito, querida, mas a morte não funciona desse jeito no nosso mundo — disse Eleanor. Cada palavra parecia feri-la, fazendo seus ombros afundarem cada vez mais. — Este é um mundo lógico. As ações têm consequências, aqui. Morto é morto, e enterrado é enterrado.

Rini franziu a testa.

— Isso é bobo e idiota, e *eu* não sou de um mundo lógico, nem a minha mãe, então isso não deveria importar para nós. Preciso que ela volte. Eu preciso nascer. É importante. *Eu sou* importante.

— Todo mundo é importante — disse Eleanor.

Rini olhou ao redor para os outros.

— Por favor — implorou ela. — Por favor, façam essa velha idiota parar de ser horrível e me devolver a minha mãe.

— Não chame a minha tia de velha idiota — disse Kade.

— Tudo bem, querido — disse Eleanor. — Eu *sou* uma velha idiota, e já fui chamada de coisa pior por menos. Não posso consertar isso. Queria poder.

Cora, que estava franzindo a testa cada vez mais desde que Rini terminou sua história, levantou o olhar, olhou para Rini e perguntou:

— Como foi que você chegou aqui?

— Eu acabei de contar — disse Rini. — Minha mãe e meu pai fizeram sexo antes da colheita de milho doce, no ano seguinte ao que ela derrotou a Rainha dos Bolos na Ponte de Framboesa. Vocês fazem sexo aqui, não é? Ou as pessoas de um mundo lógico se reproduzem por germinação? Foi por isso que vocês ficaram tão incomodados com a minha vagina?

Kade colocou as mãos sobre o rosto.

— Hum — disse Cora, as bochechas vermelhas como fogo. — Sim, nós, hum, nós fazemos sexo e, por favor, podemos parar de falar tanto em "vagina"? Mas eu queria saber como você chegou *aqui*. Como você veio parar na nossa lagoa de tartarugas?

— Ah! — Rini levantou a mão direita, a que ainda tinha todos os dedos e não começara a desaparecer da existência. Havia um bracelete em seu pulso, o tipo de coisa que uma criança usaria: contas em um pedaço de fio amarrado para impedi-la de perdê-lo. — O Mago do Fondant me deu um jeito de ir e vir, de modo que eu pudesse chegar até aqui, encontrar a minha mãe e dizer a ela para parar de fazer o que estava fazendo porque ia me impedir de nascer. Eu deveria estar me esgueirando pelo Brejo do Melado neste momento, sabe, para procurar ameaças ao longo da nossa fronteira oeste. Uma coisa importante. Por isso, se pudermos acelerar, seria maravilhoso.

O silêncio se seguiu às palavras dela, um silêncio parecido com a corda de um arco, muito esticada e pronta para se soltar. Devagar, Rini baixou o braço e olhou ao redor. Todos a estavam encarando. Christopher estava engolindo em seco, os músculos da garganta saltando violentamente. Havia lágrimas nos olhos de Nadya.

— O que foi? — perguntou ela.

— Por que você a deixou aqui? — A voz de Kade de repente estava baixa e perigosa. Ele se levantou, indo lentamente em direção a Rini. — Quando Sumi chegou à escola, ela estava *despedaçada*. Achei que íamos perdê-la. Achei que ela ia se cortar para tentar tirar o doce das veias, e agora você está aqui e tem algo que significa que você pode simplesmente... vir aqui e voltar, como se não fosse nada. Como se as portas nem fossem importantes. Por que você a deixou aqui? Por que não veio alguém aqui para pegá-la antes que fosse tarde demais?

Rini se encolheu, afastando-se dele, olhando freneticamente para Christopher e Nadya em busca de apoio. Nadya desviou o olhar. Christopher balançou a cabeça.

— Eu não sabia! — gritou ela. — Minha mãe dizia que adorava essa escola, que ela fez amigos, aprendeu coisas e endireitou a cabeça o suficiente para saber que queria que ela fosse torta! Ela nunca me pediu para vir buscá-la mais cedo!

— Se ela tivesse pedido, talvez você não tivesse nascido — disse Eleanor. Ela pigarreou antes de dizer, um pouco mais alto:

— Querido, por favor, não torture a nossa convidada. O que está feito está feito e passado é passado, e, enquanto estamos procurando um jeito de mudar isso, acho que devíamos nos concentrar no que pode ser feito agora e no que ainda não foi omitido.

— Essas contas podem nos levar a qualquer lugar? — perguntou Christopher. — Qualquer mundo?

— Claro — respondeu Rini. — Qualquer lugar que tenha açúcar.

Os dedos dele brincaram na superfície da flauta de osso, atraindo o fantasma das notas. Ninguém conseguia ouvi-las, mas não importava. Ele sabia que estavam ali.

— Acho que eu sei um jeito de corrigir isso — disse ele.

O quarto do porão, que pertencera a Jack e Jill, antes de elas voltarem para as Charnecas, e a Nancy, antes de ela voltar para os Salões dos Mortos, agora pertencia a Christopher. Ele o via com certa esperança supersticiosa, como se o fato de que as três últimas ocupantes tinham conseguido encontrar suas portas significava que ele com certeza encontraria a dele. O pensamento mágico pode parecer absurdo para algumas pessoas, mas ele dançara com esqueletos sob a luz de uma lua de calêndulas, beijara o crânio reluzente de uma garota que não tinha lábios e a amara como jamais tinha amado algo ou alguém na vida, e ele achava que tinha conseguido um pouco de absurdo, contanto que isso o ajudasse a seguir em frente.

42

Ele conduziu os outros pelo quarto até a cortina de veludo pendurada sobre uma estante de prateleiras de metal.

— Jack não levou nada quando foi embora — disse ele.

— Quero dizer, nada exceto Jill. Seus braços estavam meio cheios. — Jack tinha carregado Jill pela porta como uma noiva em sua noite de núpcias, voltando para a interminável terra desolada que era a perfeição compartilhada entre as duas, e não tinha olhado para trás nem uma vez. Às vezes, Christopher ainda sonhava que a tinha seguido, fugindo para um mundo que nunca o faria feliz, mas que poderia deixá-lo um pouco menos miserável do que este.

— E daí? — perguntou Nadya. — Jack e Jill eram horripilantes.

— E daí que eu tenho todas as coisas dela, e todas as coisas da *Jill*, e Jill estava construindo a garota perfeita. — Ele afastou a cortina, revelando uma dezena de potes com líquido âmbar e... outras coisas. Partes de pessoas que não deviam ser vistas isoladamente.

Christopher se apoiou nos dedos do pé, pegando um galão em uma das prateleiras mais altas. Um par de mãos flutuava ali dentro, preservadas como uma estrela-do-mar pálida, os dedos espalhados em eterna surpresa.

A voz de Kade ficou gélida.

— Nós enterramos isso — disse ele.

— Eu sei — disse Christopher. — Mas comecei a ter pesadelos depois que a família de Sumi a levou para enterrá-la. Sonhos com seu esqueleto incompleto para sempre. Então eu... bom, peguei uma pá e tirei as mãos dela. Escavei as mãos. Desse jeito, se um dia ela voltasse, eu poderia reconstruí-la. Ela não ficaria quebrada para sempre.

Kade o encarou.

— Christopher, você realmente está me dizendo que compartilhou um quarto com as *mãos decepadas* de Sumi esse tempo todo? Porque, caramba, isso não é normal. — Seu sotaque do Oklahoma, sempre mais forte quando ele estava angustiado, ficou denso como mel.

Rini, por outro lado, não parecia nem um pouco perturbada. Estava olhando para o pote com os olhos arregalados e interessados.

— Essas são as mãos da minha mãe? — perguntou ela.

— São — respondeu Christopher. Ele segurou o pote com cuidado enquanto se virava para os outros. — Se soubermos onde Sumi está enterrada, posso reconstruí-la. Quero dizer, posso tirá-la do túmulo e devolver suas mãos.

— O quê? — perguntou Cora.

— Eca — disse Nadya.

— Esqueletos não costumam ter filhos — disse Kade.

— O que você está sugerindo?

Christopher respirou fundo.

— Estou sugerindo que a gente tire Sumi do túmulo e depois procure a Nancy. Ela está nos Salões dos Mortos, certo? Ela deve saber para onde vão os espíritos. Talvez ela possa nos dizer para onde Sumi foi e possamos... reconstruí-la.

O silêncio se instalou de novo, dessa vez especulativo. Por fim, Eleanor sorriu.

— Isso não faz o menor sentido — disse ela. — O que significa que pode funcionar. Vão, meus queridos, e tragam sua irmã perdida e despedaçada de volta para casa.

PARTE 2

NOS
SALÕES
DOS MORTOS

4
O QUE ENTERRAMOS NÃO ESTÁ PERDIDO, SÓ DEIXADO DE LADO

Dos cinco que iam seguir na jornada – Nadya e Cora, Rini, Christopher e Kade –, só Kade sabia dirigir, por isso foi ele que ficou atrás do volante da minivan da escola, os olhos na estrada e as orações nos lábios enquanto tentava se concentrar em levar todos inteiros até seu destino.

Rini nunca tinha andado de carro e ficava soltando o cinto de segurança porque não gostava de se sentir apertada. Nadya reclamou que só conseguia andar com todas as janelas abertas, enquanto Cora não gostava de sentir frio e ficava aumentando o aquecedor. Christopher, nesse meio-tempo, insistia em aumentar o volume do rádio ao máximo, o que não fazia o menor sentido, já que normalmente as músicas que ele tocava eram inaudíveis para qualquer pessoa que não estivesse morta.

Seria um milagre se conseguissem chegar ao destino sem morrer. Kade achava que se juntar a Sumi no além-vida em que ela estava – supostamente o que agradava a adolescentes que tinham passado por portas impossíveis – seria uma coisa ruim. Se todos acabassem mortos, Eleanor ficaria chateada e a escola ficaria sem uma van. Kade trincou os dentes e se concentrou na estrada.

Seria mais fácil se eles estivessem dirigindo durante o dia. A família remanescente de Sumi morava a seis horas da escola, e seu corpo tinha sido enterrado em um cemitério local. Isso era bom. Violação de túmulos ainda era visto como socialmente inadequado e fazer isso quando o sol estava claro geralmente era visto como imprudente. O que significava que passava da meia-noite e eles estavam na estrada, e tudo nessa pequena aventura era uma ideia terrível do início ao fim.

Nadya se inclinou por cima do banco para perguntar:

— Já chegamos?

— Por que você está aqui? — retrucou Kade. — Você não consegue tirar os mortos da terra com uma flauta, não sabe dirigir e ficaríamos muito mais confortáveis com apenas duas pessoas no banco traseiro.

— Fiquei encharcada com água de tartaruga — disse Nadya. — Isso significa que eu tenho o direito de vir.

Kade suspirou.

— Quero argumentar, mas estou cansado demais. Você pode, pelo menos, ficar no seu assento? Se formos parados, teremos uma dificuldade absurda para explicar as mãos decepadas ou por que Christopher guarda uma ulna humana no bolso.

— Diga que estamos fazendo uma investigação — comentou Nadya.

— Hummm — disse Kade de um jeito reservado.

— E aí, já chegamos?

— Quase. Estamos quase chegando. — O cemitério ficava a mais oito quilômetros seguindo pela estrada. Ele tinha procurado no Google Maps. Havia um conveniente bosque de árvores a cerca de quatrocentos metros de distância. Eles poderiam esconder a van ali enquanto estivessem profanando o túmulo de Sumi.

Kade não era religioso – não desde que voltara de Prisma, obrigado a ocupar um corpo que era jovem demais, pequeno demais e vestido com roupas femininas e com babados demais por pais que se recusavam a entender que tinham um filho, e não uma filha –, mas tinha ido à igreja com frequência suficiente quando era pequeno para estar um pouco preocupado de todos eles serem castigados por crimes contra Deus.

— Não era desse jeito que eu queria morrer — murmurou ele e saiu da estrada, indo em direção às árvores.

— Quero morrer em uma cama de calêndulas, com borboletas penduradas sobre mim em uma liteira viva e a Menina Esqueleto segurando nossa faca de casamento — disse Christopher.

— O quê? — disse Kade.

— Nada — disse Christopher.

Kade dirigiu devagar até um ponto sob um carvalho amplo, na esperança de estar longe da visão da estrada, e estacionou.

— Muito bem, chegamos. Todo mundo para fora.

Ele não precisou mandar Cora sair duas vezes. Ela estava com a porta aberta antes de ele terminar de falar, praticamente tropeçando para o gramado. Andar no banco traseiro sempre a fazia se sentir enorme e inútil, ocupando mais espaço do que tinha direito. O único motivo para ela ter conseguido aguentar foi que Nadya estava esmagada no meio, deixando Rini, ainda uma desconhecida, do outro lado do carro. Se dissessem a Cora que ela teria de passar a viagem toda encostada em alguém que ela não conhecia, provavelmente teria desistido da aventura e se escondido no próprio quarto.

Os outros saíram com mais calma, até Rini, que se virou em um círculo lento, com os olhos voltados para o céu e boquiaberta.

— O que é aquilo? — perguntou ela, apontando com o dedo para uma faixa distante da Via Láctea.

— Estrelas, sua idiota — disse Nadya.

— Não sou idiota, eu só não conheço as coisas — disse Rini. — Como é que elas ficam lá em cima?

— Elas estão muito distantes — disse Kade. — Não existem estrelas em Confeitaria?

— Não — respondeu Rini. — Tem uma lua que é feita de cobertura de glacê, muito grudenta, e não é boa para fazer piqueniques; e tem um sol e, muito tempo atrás, a Primeira Confeiteira jogou punhados de balas para o céu e elas grudaram muito alto, mas continuam sendo balas. Dá para ver as listras dos puxa-puxas e o salpicado de açúcar nas jujubas.

— Hum — disse Kade. Ele olhou para Christopher. — Precisamos de uma pá?

— Não se ela estiver disposta a dançar. — Os dedos de Christopher brincaram na flauta de osso, esboçando arpejos ansiosos, delineando a melodia que ele ia tocar para Sumi. — Se ela estiver disposta a dançar, vai mover céus e terra para vir até mim.

— Então vai fundo, flautista.

Christopher assentiu e levou a flauta à boca, respirando fundo antes de começar a tocar. Não saiu nenhum som. Nunca havia nenhum som quando Christopher tocava a flauta, não no nível dos vivos. Só havia uma ideia de som, o esboço delineado do local onde o som deveria estar, fatiado no ar como um pedaço de torta de chocolate.

Ninguém sabia a que distância ele poderia estar dos mortos e mesmo assim chamá-los para fora do túmulo, e eles não tinham certeza do local exato do cemitério em que o corpo de Sumi estava enterrado. Portanto, tocou enquanto eles seguiam em direção aos portões, dando tudo de si para chamá-la, e só a ela, Sumi, a garota selvagem que morrera cedo demais e com crueldade demais, e não a todos os ossos adormecidos que o cemitério tinha a oferecer. Fazia muito tempo que ele não ia a um baile de verdade, em que as mulheres usavam guirlandas de flores na parte baixa dos quadris e os homens chocalhavam os dedos ossudos como castanholas, em que os dançarinos e as dançarinas trocavam de roupa, de gênero e de posição com a mesma facilidade com que trocavam uma flor por um bolero. Era tentador chamar todos os esqueletos deste lugar para si, se perder em uma festança enquanto a lua estava alta.

Mas isso não salvaria Rini e não era o que ele havia prometido à srta. Eleanor que faria. Assim, ele tocava para um público de uma pessoa e, quando ouviu Cora ofegar, sorriu com a flauta na boca e continuou a dedilhar as paradas, tirando Sumi de seu repouso.

Ela veio, um esqueleto delicado e flexível envolto em um brilho perolado, como opala, como vidro de açúcar. Os portões do cemitério tinham sido projetados para manter os vivos do lado de fora, não os mortos do lado de dentro; ela deu um passo para o lado e passou direto pelas barras, o corpo sem carne se encaixando perfeitamente no vão. Christopher parou de andar, mas continuou tocando enquanto Sumi, saída do túmulo, atravessou o terreno para encontrá-los.

— Onde está o *resto* dela? — reclamou Nadya.

— Ele não atrai a carne com a flauta, só os ossos — disse Kade. — Ele chama aquilo que o escuta. A carne, amaciada pelo tempo, se não estiver podre, deve ter se encolhido como um sobretudo velho, deixando Sumi reluzente, envolta em arco-íris, para atender ao chamado de Christopher.

Rini levou as mãos à boca. Mais um dos seus dedos tinha sumido, substituído por aquele vácuo estranho e repulsivo.

— Mãe? — sussurrou ela.

Sumi inclinou a cabeça para o lado, mais como um pássaro do que como uma garota, e não disse nada. Christopher hesitou antes de baixar a flauta. Quando Sumi não desabou formando uma pilha de ossos, ele soltou um longo suspiro, os ombros desabando de alívio.

— Ela não consegue falar — disse ele. — Não tem pulmões, nem voz, nem nada. — Em Mariposa, no lar dele, ela teria sido capaz de falar. A magia que alimentava aquela terra ficava feliz em dar voz aos mortos.

Mas este não era seu lar. Aqui, os esqueletos eram silenciosos e apenas o fiapo de Mariposa que ele carregava consigo era suficiente para chamá-los do túmulo.

— Ela está morta — disse Rini, como se estivesse percebendo isso pela primeira vez. — Como pode estar morta?

— Todos estaremos, em algum momento — disse Christopher. — A próxima parte é mais difícil. Cora, você pode abrir o pote que está com as mãos dela, por favor?

Cora fez uma careta enquanto se ajoelhava e se esforçava para abrir a tampa do pote, espalhando o líquido de cheiro forte no chão. Ela olhou para Christopher. Quando ele assentiu, ela derramou o conteúdo do pote, levantando-se em um salto e tropeçando para trás para se esquivar do respingo.

Christopher levantou a flauta e começou a tocar de novo.

— Vou vomitar — anunciou Nadya.

A carne das mãos de Sumi começou a descascar como uma flor no processo de se abrir, revelando o osso puro e branco. Enquanto observavam, o osso se iluminou com um arco-íris, como o resto do esqueleto de Sumi.

Quando a carne terminou de descascar completamente, Christopher guardou a flauta no cinto e se abaixou para pegar as duas mãos de esqueleto. Ele as ofereceu a Sumi. Ela se inclinou para a frente e tocou nas pontas decepadas dos pulsos até a base dos carpos. O brilho do arco-íris se intensificou. Ela recuou e estava inteira, todos os ossos no lugar, todas as partes do esqueleto onde deveriam estar.

— Se estivermos tentando chegar a um Submundo, começar em um cemitério parece o melhor caminho — disse Christopher. Ele olhou para Rini. — Você consegue dizer a essas contas aonde elas devem nos levar, certo?

— Posso dizer a elas quem eu quero, e elas me levam para lá — disse Rini. — Não consegui encontrar minha mãe, por mais que eu tentasse, então procurei a srta. Elly. Minha mãe sempre dizia que era ela que fazia a escola funcionar.

— Está bem — disse Christopher. — Peça às contas para nos levarem até Nancy.

— Eu não conheço essa Nancy — protestou Rini.

— Nancy é esperta — comentou Kade. — Ela é calada, por isso às vezes as pessoas não sabem que ela é esperta, mas a inteligência está sempre lá.

— Ela consegue ficar tão parada que parece uma estátua — disse Christopher.

— Tem cabelo branco com mechas pretas e diz que não é tingido; e suas raízes nunca cresceram, então ela provavelmente não estava mentindo — disse Nadya. Os outros olharam para ela, que deu de ombros. — Nós não éramos *amigas*. Tive uma sessão de terapia em grupo com ela e fiquei longe. Seca demais para mim. Seca como ossos.

Cora, que tinha chegado à escola depois que Nancy já tinha ido embora, não disse absolutamente nada.

Rini franziu a testa para as duas.

— E o açúcar?

— Vermelho — respondeu Kade. — Eles misturam com suco de romã. É amargo, mas adoça do mesmo jeito. — Seu olhar continuou parado, fixo nela. O fato de ele nunca ter visto açúcar no mundo de Nancy não importava. Ele sabia como *deveria* ser, e isso funcionava tão bem quanto saber como *era*.

Rini assentiu antes de levar o pulso até a boca e prender uma das contas do bracelete entre os dentes. Ela mordeu com força, a conta se despedaçando com uma mastigada, e engoliu.

— Espere — disse Nadya. — Elas *também* são de açúcar?

— No lugar de onde venho, tudo é açúcar — disse Rini. Ela estendeu a mão de um jeito arrogante diante de si, segurando uma maçaneta invisível. — Venham. Eles nunca ficam abertos por muito tempo, e às vezes não se conectam muito bem.

— Por isso a queda do céu, pode-se supor — disse Christopher.

Rini assentiu e abriu a porta que não estava lá.

O outro lado era um bosque de árvores com folhas verde-escuras e troncos retorcidos com delicadeza. Os galhos estavam pesados com frutas vermelhas. Algumas tinham rachado, mostrando as sementes internas cor de rubi. O gramado ao redor das árvores parecia macio como veludo e o céu não era céu de jeito nenhum, mas um teto alto e abobadado de um salão impossível.

— O bosque de romãs — sussurrou Kade.

— É o lugar certo? Ótimo — disse Rini. — Venham. — Entrou pela porta, com a mãe esqueleto logo atrás. Os outros as seguiram e, quando ela se fechou atrás de Cora, simplesmente não estava mais lá, como se nunca tivesse estado.

5

LOCAIS DOS VIVOS, LOCAIS DOS MORTOS

Os seis – cinco vivos, uma morta – andaram pelo gramado aveludado, sem tentar disfarçar a admiração. Christopher mantinha a flauta de osso na mão, os dedos traçando arpejos silenciosos. Sumi estava perto da filha, os ossos estalando levemente, como o sussurro distante do vento através dos galhos de uma árvore. Rini tentava ao máximo não olhar para trás. Toda vez que via um relance de Sumi, estremecia e mordia o lábio antes de desviar o olhar.

Nadya levantou sua única mão e delineou o contorno de uma romã com os dedos, mordendo o lábio e encarando a fruta como se fosse a coisa mais linda que já vira.

— Nancy disse que passava a maior parte do tempo como uma estátua no salão da Senhora — disse Kade, abrindo caminho até estar liderando. Ninguém o questionou. Era bom ter *alguém* disposto a ser o líder. — Suponho que isso significa que ela pode estar lá agora.

— O Senhor dos Mortos vai ficar feliz em nos ver? — perguntou Nadya, finalmente tirando a mão da romã.

— Talvez — respondeu Kade. — Ele tem portas. Deve estar acostumado com pessoas entrando sem convite.

— Mas você só encontra as portas compatíveis com você — disse Cora. — Nós não *encontramos* esta. Nós a fizemos. Ele não vai ficar irritado com isso?

— Só tem um jeito de descobrir — disse Kade e começou a andar.

— Por que as pessoas sempre *dizem* isso? — murmurou Cora, seguindo na traseira do grupo. — Sempre tem mais de um jeito de descobrir alguma coisa. As pessoas só dizem que existe apenas um jeito quando querem uma desculpa para fazer algo incrivelmente idiota sem serem responsabilizadas por isso. Existem *muitas* maneiras de descobrir e algumas delas envolvem não irritar um homem que é chamado de *Senhor* dos Mortos.

— É, mas não seriam tão divertidas, não é mesmo?

Cora olhou para o lado. Christopher tinha diminuído o ritmo para andar ao lado dela. Estava sorridente, parecendo mais à vontade do que ela jamais o vira.

— Por que você está tão feliz? — perguntou ela. — Aqui só tem gente morta.

— É por isso que estou tão feliz — respondeu ele. — Aqui só tem gente morta.

De algum jeito, quando ele dizia, não era uma reclamação, nem mesmo uma observação: era praticamente uma oração, repleta de esperança e nostalgia. Este não era o mundo dele, não era Mariposa, e o único esqueleto que dançava aqui era a pobre Sumi. Mas era o mais próximo que ele estava de lá em muito, muito tempo, e ela percebia a alegria voltando ao corpo dele a cada passo.

— Você realmente quer ser um esqueleto? — soltou ela.

Christopher deu de ombros.

— Todo mundo vira esqueleto um dia. Você morre, as partes macias se acabam e o que sobra é uma bela ossada. Eu só quero voltar para um lugar onde eu não precise morrer para ser bonito.

— Mas você não é gordo! — Cora não conseguiu afastar o horror da própria voz. Nem tentou. Crescer sendo gorda significava uma sucessão infinita de dietas sugeridas por parentes "solícitos" e sugestões ainda mais "úteis" de colegas de turma, aquelas que sugeriam morrer de fome ou aprender a vomitar quando quisesse. Ela havia conseguido se esquivar de um transtorno alimentar por sorte e porque a equipe de natação precisava que ela ficasse em boa forma: se sua escola não oferecesse natação de resistência além de velocidade, se esperassem que emagrecesse para ter permissão de entrar na água, ela provavelmente teria se juntado às meninas atrás do ginásio, aquelas que morriam lentamente com uma dieta de raspas de gelo, café preto e cigarros.

— Não se trata de ser gordo ou magro — disse Christopher.

— Não é... ai, merda. Você provavelmente acha que estou falando de emagrecer, não é? — Ele não esperou a resposta antes de continuar. — Não estou. Não estou mesmo. Mariposa é uma terra de esqueletos. Enquanto tiver pele, enquanto for assim, eles podem me mandar embora. Depois que a Menina Esqueleto e eu nos casarmos, depois que ela acabar com a minha humanidade, eu posso ficar para sempre. É tudo que eu quero.

— É tudo que todos nós queremos — admitiu Cora.

— Você era uma sereia, certo? Foi isso que Nadya disse.

— Ainda sou — disse Cora. — Só que as minhas escamas estão sob a pele, por enquanto.

Christopher deu um sorriso meio torto.

— Engraçado. É onde eu mantenho os meus ossos.

O bosque de romãs estava chegando ao fim ao redor deles, as árvores menos frequentes conforme se aproximavam de um alto muro de mármore. Havia uma porta ali, alta e imponente, o tipo de porta que pertencia a uma catedral ou a um palácio; o tipo de porta que dizia "mantenha distância" em volume bem mais alto do que jamais sonharia em dizer "entre". Mas estava aberta e, quando se aproximaram, ninguém apareceu para mandá-los embora. Kade olhou para os outros, deu de ombros e continuou andando, deixando-os sem nenhuma opção além de segui-lo.

E aí, tão subitamente que Cora achou que as pessoas que moravam aqui – que existiam aqui – teriam todos os direitos de estarem irritadas, eles estavam nos Salões dos Mortos.

A arquitetura era exatamente o que mil filmes lhe disseram para esperar: pilares de mármore apoiando tetos impossíveis, paredes brancas de pedra suavizadas com frisos e pinturas em aquarela de campinas cheias de flores. As cores eram calmas, brancos e verdes pastel e pinho acinzentado. De algum jeito, tinham conseguido não parecer delicadas, mas em vez disso projetar um ar de solenidade e silêncio. Os únicos sons eram os pés deles batendo no piso de pedra e os estalos dos ossos de Sumi.

— Vocês não foram convidados e nenhuma das Nossas portas se abriram nem se fecharam no último dia — disse uma mulher: ela estava entre eles e a porta que poderia levá-los de volta para o bosque de romãs. Sua voz era baixa e rouca, como licor de amoras na garganta. — Quem são vocês? Como chegaram aqui?

Com o rosto queimando, sentindo-se como uma criança que foi pega às escondidas na cozinha para um lanchinho à meia-noite, Cora se virou e contemplou a Senhora dos Mortos.

Ela era baixa e curvilínea, com a pele na cor de um cipreste polido e o cabelo que caía nas costas em uma cascata de cachos pretos, parando pouco abaixo da cintura. Seus olhos eram como sementes de romã, de um vermelho profundo e tão impossíveis quanto as íris de milho doce de Rini, só que inegavelmente reais. Sua roupa era da mesma cor, em estilo grego de drapeado solto que saudava cada curva e fazia Cora ansiar por uma moda tão complacente.

— Então? — perguntou a Senhora. — Vocês todos se calaram pela Minha presença? Ou estão pensando em desculpas? Sugiro que não mintam para mim. Meu marido tem pouca paciência com aqueles que invadem e insultam na mesma hora.

— Sinto muito, senhora — disse Kade, apresentando-se. O alívio do restante do grupo era quase palpável. Que outra pessoa assuma a culpa, se houver culpa para assumir.

— Sei que entramos sem convite, mas não sabíamos como tocar a campainha.

— Você tem cheiro de Terra das Fadas, pequeno herói — disse a Senhora dos Mortos, enrugando o nariz. — Todos vocês têm gosto de alguma coisa que não deveria estar aqui, exceto ele. — Ela apontou para Christopher. — Espelhos, Terras das Fadas e Lagos. Até o esqueleto tem sabor de Espelho. A mancha permanece depois da morte. Vocês não têm nada que tocar a Nossa campainha.

— Estamos aqui para implorar por um favor, senhora — disse Kade, obstinado. — Esta é Rini.

Rini levantou as mãos em um pequeno aceno. Estava reduzida a um único dedo e o polegar, metade da palma da mão tinha derretido, substituída pelo mesmo nada que queimava os olhos.

— O esqueleto é a mãe dela, Sumi, que morreu antes que Rini pudesse nascer, e agora Rini está, hum, desaparecendo — continuou Kade. — Uma das nossas antigas colegas de turma mora aqui com você. Tínhamos esperança de que ela pudesse nos ajudar a descobrir para onde o espírito de Sumi foi depois que ela morreu, de modo que possamos reconstruí-la e impedir que Rini desapareça totalmente. Hum. Senhora.

Os olhos da Senhora dos Mortos se arregalaram um pouco.

— Vocês são amigos de Nancy — disse ela.

— Sim, senhora.

— Eu não sou — disse Nadya. — Sou uma Garota Afogada.

— É mesmo — disse a Senhora dos Mortos. Ela deu uma olhada cuidadosa em Nadya. — Você foi para um dos Mundos Afogados, os lagos subterrâneos, os rios esquecidos. Muitos deles encostam nas Nossas fronteiras. Não são Submundos, mas estão sob o restante do mundo.

Nadya ficou pálida.

— Você sabe como chegar a Belyyreka? — perguntou ela, a voz quase um sussurro.

— Eu não disse isso — retrucou a Senhora. — Não temos nenhum poder sobre os Mundos Afogados. Eu não abriria, nem conseguiria abrir, uma porta para lá se você Me pedisse. Mas conheço o lugar. É lindo.

— É mesmo — concordou Nadya e começou a chorar.

A Senhora dos Mortos se voltou para Kade.

— Vocês entraram sem convite, para incomodar uma criada que ainda sente dores da época de sua companhia. Por que Nós deveríamos conceder uma audiência com ela? Por que Nós deveríamos conceder qualquer coisa a vocês?

— Porque Nancy nos disse que vocês eram gentis — explicou Christopher. Ele a estava encarando em admiração silenciosa, como se não visse nada tão lindo havia anos. — Disse que vocês nunca a fizeram se sentir derrotada só por ser diferente. Você e seu marido são os motivos pelos quais ela quis voltar para cá e ficar para sempre. Vocês transformaram este lugar em um lar. Não consigo imaginar que alguém que seria tão gentil com Nancy pudesse ser cruel o suficiente para não nos ajudar.

— Mariposa, não foi, para você? — perguntou a Senhora, parecendo reflexiva. — Tantas portas diferentes e vocês estão aqui, todos juntos, tentando conseguir o impossível. Vou deixar vocês falarem com Nancy.

— Obrigado, senhora — disse Kade.

— Não me agradeça ainda — disse a Senhora. — Existem condições. Não comam nada; não bebam nada. Não falem com ninguém exceto Comigo, com Meu marido e Nancy. Os vivos que decidem passar seus anos nestes salões o fazem porque estão procurando o silêncio, a paz, a solidão. Não precisam que vocês lembrem a eles que já foram quentes e rápidos. Entenderam?

— Sim, senhora — disse Kade. Os outros assentiram, até Rini, que parecia mais confusa do que qualquer outra coisa. Ela estava fazendo um excelente trabalho de segurar a língua. Para uma garota do Absurdo em um mundo cheio de regras, isso era um milagre.

— Ótimo — disse a Senhora. — Por aqui.

Ela então se virou e passou pela porta que dava no bosque, deixando que restante a seguisse.

As árvores tinham sumido. No lugar delas havia um salão comprido, do tipo que pertencia a um palácio ou museu, as paredes enfileiradas de estátuas, todas lindamente imóveis em seus drapeados branco-gelo. Não, não eram estátuas; eram *pessoas*. Pessoas de todas as idades, desde crianças que mal tinham idade para se livrar das proporções infantis até homens e mulheres mais velhos que Eleanor, os rostos marcados por rugas, os membros afinados pelo tempo e pelas privações. Havia certa vitalidade ao redor deles que denunciava sua natureza, mas, tirando isso, poderiam ser a pedra esculpida que se esforçavam tanto para imitar.

Rini estremeceu, aproximando-se um pouco de Kade, como se achasse que ele poderia protegê-la.

— Como é que eles conseguem ficar tão *imóveis?* — sussurrou ela, a voz horrorizada e reverente. — Eu teria espasmos até me despedaçar.

— É por isso que esta nunca foi a sua porta — disse ele. — Não vamos para locais onde não devemos estar, mesmo que às vezes a gente nasça no lugar errado.

— Tinha um menino — disse Rini. — Quando eu era pequena. Os pais dele mineravam fudge nas montanhas ao norte. Ele não gostava do cheiro de chocolate nem do jeito como se derretia na língua. Ele queria ser limpo, seguir as regras e *entender*. Ele desapareceu no ano em que todos começamos a estudar e os pais dele ficaram tristes, mas disseram que ele havia encontrado sua porta e, se tivesse sorte, nunca mais voltaria, nem uma vez.

Kade assentiu.

— Exatamente. Sua mãe e eu nascemos no mesmo mundo, que não era certo para nenhum de nós dois, por isso fomos para outro lugar. — Ele não perguntou que tipo de matérias eram ensinadas em um mundo Absurdo. Seu mundo era Lógico, e o que fazia sentido para Rini não faria nenhum sentido para ele.

As pessoas em seus pedestais e em nichos nas paredes não diziam nada, não faziam nada para mostrar que sequer estavam conscientes de que havia alguém por perto. A Senhora continuou andando e o restante deles continuou seguindo, até ela chegar a um par de portas largas de mármore. Inclinando-se para a frente, bateu com muita delicadeza com a ponta do dedo indicador esquerdo, depois recuou quando elas se abriram e revelaram um salão que era metade catedral e metade caverna.

As paredes eram de pedra cinza nua, sem forma, sem trabalho, subindo até um sino salpicado de cristais em uma abóbada natural. As luminárias ficavam penduradas no teto, as bases instaladas entre grandes estacas de ametista roxa e quartzo prateado, e o piso era de mármore polido, criando uma mistura estranha do natural com o manufaturado.

No centro do salão, bem longe das paredes, havia uma plataforma livre. Havia dois tronos ali, com pedestais baixos ao redor, três de cada lado, cada um com uma estátua viva.

A estátua mais próxima da porta era Nancy.

Nancy em paz: Nancy em seu ambiente. Ela estava ali, alta e calma e forte, com um braço erguido em um arco gracioso, o queixo levemente inclinado para o teto, chamando atenção para a linha delicada do seu pescoço, a escultura orgânica da sua clavícula. Usava um vestido branco comprido, como tantas outras estátuas, mas, diferentemente delas, havia uma fita vermelho-vinho, vermelho-romã, amarrada no pescoço, lançando o restante dela em um contraste monocromático. Alguém tinha arrumado seu cabelo preto e branco, de modo que as mechas pretas deixadas pelos dedos do Senhor dos Mortos estavam perfeitamente à mostra, como a medalha de honra que representavam.

Christopher deu um assobio baixo.

— Caramba, garota — disse ele.

Kade não disse nada. Apenas encarou.

Os dois tronos estavam vazios naquele momento. A Senhora dos Mortos os conduziu em direção à plataforma, parando quando alcançaram Nancy, que devia estar consciente da presença deles, mas não fez nada para revelar esse conhecimento.

— Nancy — disse a Senhora em um tom suave. — Por favor, venha na Minha direção. Você tem visita.

Nancy se moveu como neve se derretendo: devagar no início, quase imperceptivelmente, depois com mais velocidade, até terminar de baixar o braço e o queixo e se virar com algo parecido com a graciosidade humana, mas ainda mais grandioso. Permitiu-se olhar para as pessoas agrupadas ao redor da base do seu pedestal e seus olhos se arregalaram muito discretamente.

— Kade — disse ela. — Christopher... Nadya? — Ela olhou para os outros sem reconhecer. — O que vocês estão fazendo aqui? Está tudo bem? Vocês estão...? — Ela se interrompeu. — Não, vocês não estão mortos. Se estivessem, não estariam aqui.

— Não estamos mortos — disse Kade e sorriu. — É bom ver você, Nancy.

— É bom ver vocês também. — Ela olhou para a Senhora dos Mortos em busca de permissão. A Senhora assentiu, e Nancy caiu de joelhos, ficando em uma posição graciosa sobre o pedestal. Era um movimento fácil e ensaiado; ela já tinha feito isso. — Me desculpem por eu não ter me despedido.

— Acho que nenhum de nós teria se despedido — comentou Kade. — Você está feliz?

O sorriso de Nancy foi breve, mas iluminado. Artistas teriam morrido para ter a oportunidade de pintar aquele momento de puro e irrestrito êxtase.

— Sempre.

— Então está tudo perdoado. — Kade fez um sinal para Rini se aproximar. — Esta é Rini. Filha de Sumi.

— O quê? — A expressão de Nancy se transformou em perplexidade ao ouvir o nome de sua antiga colega de quarto. — Sumi não tinha filhos. Era jovem demais. Ela teria me contado.

— Ela *deveria* ter voltado para Confeitaria e salvado o mundo e se casado e tido uma filha — disse Rini. Ela levantou o braço. Sua mão agora tinha desaparecido completamente; a carne terminava no pulso e no rasgo que seu desaparecimento estava deixando na realidade. — Ela precisa deixar de estar *morta*, voltar para casa e fazer sexo até eu voltar a existir!

— Hum — disse Nancy, parecendo desconcertada.

— Esta é Sumi — disse Christopher, apontando para o esqueleto reluzente ao seu lado. — Tínhamos esperança de que você soubesse onde está o restante dela.

— Você quer dizer o *espírito* dela? — perguntou Nancy.

— Isso — respondeu Christopher.

Sumi não disse nada, mas inclinou o crânio reluzente para o lado, em um gesto que era uma sombra pálida de seu movimento constante de curiosidade antes de morrer, a pele e a carne arrancadas, deixando-a em silêncio.

— Mesmo que... — Nancy olhou para a Senhora, que assentiu, dando permissão. — Mesmo que eu conseguisse encontrar o espírito de Sumi para você, mesmo que ela estivesse *aqui*, como você ia reconstruí-la? Vocês ainda não teriam as... partes esponjosas.

— Pode deixar que a gente se preocupa com isso — disse Kade.

Nancy olhou para a Senhora de novo. Mais uma vez, a Senhora assentiu. Nancy olhou de volta para os outros.

— Nem todos os espíritos vêm para cá — disse ela. — Este não é o único Submundo. Ela poderia estar em mil lugares ou poderia não ser absolutamente nada. Às vezes as pessoas não querem perdurar, por isso simplesmente desaparecem.

— Podemos tentar? — perguntou Kade. — Parece que morrer quando você ainda tinha um mundo a salvar pode ser motivo suficiente para ficar viva por mais um tempinho. E vocês eram colegas de quarto quando ela estava viva. Sumi não gostava de ficar sozinha.

— Mesmo que vocês encontrem o espírito dela, essa é apenas a parte que está esperando para renascer — disse Nancy. — Quem ela *era* não vai estar aqui.

— Precisamos tentar — disse Rini. — Não temos nenhum outro lugar para ir.

Nancy suspirou, um som profundo e lento que começou nos dedos do pé e subiu por todo o seu corpo. Ela esticou as pernas e desceu do pedestal, pousando com um barulho. Quando caiu, a saia se ergueu apenas o suficiente para Kade ver que seus pés estavam descalços e que havia um anel em cada dedo do pé, todos brilhantes e prateados.

— Venham comigo — disse ela, fazendo uma reverência para a Senhora e se afastando. Cada passo que dava soava como um sino conforme os anéis dos dedos do pé batiam no chão.

Kade a seguiu e o restante o seguiu, e eles deixaram as estátuas restantes e a Senhora dos Mortos para trás.

Kade olhava de relance para Nancy conforme andavam, tentando memorizar o novo formato do seu rosto. Ela estava mais magra, mas não de um jeito alarmante; era a magreza de uma atleta profissional no auge da carreira, a magreza de alguém que fazia alguma atividade física todas as horas do dia. Seu cabelo ainda era branco, os olhos ainda eram escuros, e ela ainda era linda. Meu Deus, como era linda.

Nadya entrou no meio dos dois, exigindo saber:

— Então é só isso que você faz o dia todo? Fica parada *em pé* ali? Você deixou um mundo inteiro cheio de merda para fazer e pessoas com quem conversar só para ficar *em pé* ali?

— É mais do que apenas ficar em pé ali — disse Nancy.

— Oi, Nadya. Você está com uma aparência ótima.

— Estou secando e este mundo não tem bons rios — disse Nadya.

— Temos alguns. — Nancy balançou a cabeça. — Eu não fico "apenas em pé ali". É como uma dança, feita na imobilidade total. Tenho de congelar tão completamente que meu coração se esqueça de bater, minhas células se esqueçam de envelhecer. Algumas das estátuas estão aqui há séculos, diminuindo seu ritmo até o ponto da quase imortalidade para agraciar os salões do nosso Senhor. É uma honra e uma vocação, e eu adoro. Eu amo.

— Parece idiota.

— Isso é porque você não tem a vocação — disse Nancy, e era verdade, simples e completa: não precisava de adorno nem de acréscimos.

Nadya desviou o olhar.

Kade respirou fundo.

— As coisas estão indo bem, na escola — disse ele. — A tia Eleanor está se sentindo melhor. Ela mal usa a bengala, hoje em dia. Temos alguns alunos novos.

— Você trouxe uma delas — disse Nancy. Ela riu um pouco. — É esquisito eu achar isso mais perturbador do que você trazer um esqueleto?

— O nome dela é Cora. Ela é legal. Ela era uma sereia.

— Então ainda é — disse Nancy. — Sempre há esperança.

— Sumi costumava dizer que esperança era uma palavra de baixo calão.

— Ela estava certa. É por isso que é a última que morre. — Eles tinham chegado à outra porta fechada, esta uma filigrana de prata, contendo uma infinidade de escuridão. Nancy levantou a mão. A porta se abriu e ela continuou, entrando na escuridão, que, depois que se entrava, não era tão absoluta, no fim das contas.

Fagulhas prateadas reluzentes giravam no ar, disparando e se lançando pelo salão, tão rápidas e incansáveis quanto o restante dos Salões dos Mortos era imóvel. Elas voavam perto de um nariz ou uma bochecha, só para se afastarem no último segundo, sem tocar na carne viva.

Rini ofegou. Todos se viraram.

Sumi estava coberta com os pontinhos de luz. Eles se aglomeravam nos seus ossos, centenas deles, e outros se aproximavam a cada segundo. Ela estava levantando as mãos de esqueleto como se as admirasse, analisando as fagulhas reluzentes que pousavam nas suas falanges. Pontos de luz ocupavam as órbitas dos olhos, substituindo o olhar vazio por algo perturbadoramente vital.

— Se ela estiver aqui, ela é um desses — disse Nancy, abrindo os braços para mostrar o salão. — As almas que vêm descansar aqui chegam primeiro neste salão. Dançam sua inquietude antes de voltar a reencarnar. Chamem, para ver se ela vem.

— Christopher? — disse Kade.

— Eu toco para esqueletos, não para almas — protestou Christopher, apesar de levar a flauta até a boca e soprar uma nota experimental silenciosa. As fagulhas de luz abandonaram Sumi, erguendo-se no ar e girando ao redor dele. Ele continuou a tocar até que, pouco a pouco, uma parte da luz se afastou e voltou para o ar, enquanto outra parte da luz começou a se aglutinar na frente do esqueleto de Sumi. Pouco a pouco, partícula por partícula, ela se juntou, até que o espírito reluzente e translúcido de uma adolescente estava parado ali.

Ela usava um uniforme de escola sóbrio, meias brancas até o joelho, saia xadrez e paletó abotoado. O cabelo estava preso em tranças, domado, contido. Era Sumi, sim, mas Sumi sem movimentos, Sumi sem risadas e sem absurdos. Rini ofegou de novo, desta vez de dor, levantando a mão restante e o cotoco do que tinha sido sua outra mão para cobrir a boca.

O espectro de Sumi olhou para o esqueleto. O esqueleto olhou para o espectro.

— Por que ela está assim? — sussurrou Rini. — O que foi que vocês fizeram com a minha mãe?

— Eu falei que tínhamos o espírito dela, mas não sua sombra, não seu coração. O coração dela era selvagem e não é para cá que as coisas selvagens vêm — disse Nancy. — Se fosse, eu não estaria aqui. Nunca fui uma coisa selvagem. — Ela olhou para a sombra de Sumi com arrependimento, mas também com amor nos olhos. — Somos caixas de quebra-cabeças, esqueleto e pele, alma e sombra. Vocês agora têm duas partes, se ela for com vocês, mas acho que a sombra dela não está aqui.

— Mamãe... — A palavra pertencia aos lábios de uma garota muito mais nova, feita para a hora de dormir e os momentos ruins, para joelhos ralados e dores de estômago. Rini a ofereceu à sombra de Sumi como se fosse uma promessa e uma oração ao mesmo tempo, como se fosse uma coisa preciosa, a ser guardada. — Preciso de você. Por favor. Precisamos de você. A Rainha dos Bolos vai se reerguer se você não voltar para casa.

A Rainha dos Bolos nunca teria sido derrotada: Sumi tinha morrido antes de poder voltar a Confeitaria e derrubar o governo. Rini não estava salvando apenas a si mesma. Ela estava salvando um mundo, consertando o que estava à beira de dar errado.

A sombra cuidadosamente arrumada de Sumi olhou para ela de um jeito inexpressivo, sem entender. Nancy, que entendia os mortos deste lugar de um jeito que nenhum dos outros entendia, pigarreou.

— Vai ser uma confusão se você não for com eles — disse ela.

A sombra se virou para olhar para ela antes de assentir e dar um passo à frente, na direção do esqueleto, cobrindo os ossos com uma carne fantasmagórica. Rini tentou estender sua mão restante e parou quando viu que mais dois de seus dedos tinham sumido, desaparecendo totalmente.

— Precisamos nos apressar — disse ela.

— Vocês precisam pagar — disse uma nova voz.

Todos se viraram ao mesmo tempo. Só Nancy sorriu quando viu o homem parado na porta. Era alto e magro, com a pele cor de cinza vulcânica e o cabelo cor de osso. Assim como a esposa, ele usava uma roupa solta, em estilo quase grego, que atraía o olhar para o comprimento dos seus membros e a largura dos seus ombros.

— Nada aqui é grátis — disse ele. — Não comam nada, não bebam nada; é isso que os visitantes ouvem ao chegar. O que faz vocês pensarem que entregaríamos nossos tesouros, se não compartilhamos nossa água? — Sua voz era profunda, baixa e inevitável, como a morte das estrelas.

— Como devemos pagar, senhor? — perguntou Kade, preocupado.

O Senhor dos Mortos olhou para ele com olhos pálidos e impiedosos.

— Um de vocês tem de ficar.

6
PAGAMOS O PREÇO;
O MUNDO CONTINUA

— Não — disse Kade sem hesitar. — Não estamos à venda.

— Isso não é uma venda — disse o Senhor dos Mortos. — É uma troca. Vocês querem levar uma das minhas residentes em uma missão de tolos. Querem prometer que ela pode estar viva de novo, quando não existe essa possibilidade. Eu proibiria completamente se achasse que me ouviriam, mas vocês não são os primeiros vivos a brincarem de Orfeu e tirar o que é meu. Colocar um preço no processo é o único jeito de impedir que vocês me roubem.

— Senhor — disse Nancy e fez uma reverência profunda e baixa. Ela congelou quando estava totalmente dobrada para a frente, tornando-se uma estátua de novo.

O Senhor dos Mortos sorriu. Ele parecia estranhamente humano quando sorria.

— Minha Nancy — disse ele, e não havia dúvida quanto à ternura no seu tom. — Esses são seus amigos?

— Da escola — disse ela, levantando-se. — Este é Kade.

— Ah. O famoso menino. — Ele se virou para Kade. — Nancy fala muito bem de você.

— Bem o suficiente para você nos dar uma amostra grátis?

— Infelizmente não.

— Espere. — Nadya deu um passo para a frente, nervosa, olhando para os outros ao redor. Seu cabelo, seco depois de tanto tempo longe da banheira e da lagoa de tartarugas era uma nuvem marrom felpuda ao redor da cabeça. — Senhor dos Mortos, vocês têm tartarugas aqui? Não estou falando de tartarugas fantasmas. Tartarugas de verdade, do tipo que nadam em lagoas e fazem coisas de tartaruga.

— Existem tartarugas no Rio das Almas Esquecidas — disse o Senhor dos Mortos, parecendo um pouco confuso.

— Ótimo — disse Nadya. — Que bom, que bom. Porque, hum, sua esposa, ela disse que conhecia Belyyreka. É para lá que a minha porta leva. Para um Mundo Afogado, onde eu era uma Garota Afogada. Ainda sou. É seco demais no lugar de onde eu venho. O ar não perdoa.

— Eu conheço o lugar — disse o Senhor dos Mortos solenemente.

— As portas podem se abrir em qualquer lugar se os mundos forem próximos o suficiente, não é? Rini — ela apontou para a garota fungando com olhos de milho doce — disse que um menino do mundo de onde ela vem encontrou uma porta e foi embora para um lugar onde se encaixava melhor. Se eu ficasse aqui e Belyyreka me quisesse de volta, minha porta ainda conseguiria me encontrar?

— Nadya, não — disse Cora.

— Sim — disse o Senhor dos Mortos. — E por isso, por Belyyreka, eu deixaria você ir embora. Por isso eu daria um passo para o lado e abriria mão de qualquer direito sobre você.

Nadya olhou ao redor para os outros.

— Estive na escola por cinco anos. Vou fazer dezessete anos daqui a um mês. Um ano a mais e eu me formo, e minha família começa a esperar que eu vá para algum lugar, que eu faça alguma coisa com a minha vida. Não posso viver em contagem regressiva. Eu quero ir para *casa*, e isso significa esperar até Belyyreka me chamar de volta. Não sou exilada política, como Sumi. Também não sou exilada cultural, como Kade. Eu simplesmente fui pega no fluxo errado. Eu quero ir para *casa*. Posso esperar aqui do mesmo jeito que posso esperar no campus.

— Nadya, *não* — disse Cora, mais desesperada. — Você não pode me abandonar. Você é a única amiga de verdade que eu tenho.

O sorriso de Nadya foi irregular e rápido.

— Viu? Esse é o melhor motivo para eu ficar aqui. Você precisa fazer mais amigos, Cora. Não posso ser o único estuário na sua bacia.

— A tia Eleanor vai me matar — murmurou Kade.

— Não quando você disser que foi escolha minha e que este lugar é mais próximo de Belyyreka do que a escola jamais foi — disse Nadya, desprezando as preocupações dele com um aceno superficial. Ela se virou para o Senhor dos Mortos. — Se você deixar os meus amigos irem embora e me deixar usar a minha porta para casa quando ela aparecer, fico com você. Vou assombrar seus rios, aterrorizar suas tartarugas e nunca vou ficar parada, mas você não quer alguém parado, senão não teria pedido um de nós. Você só quer que alguém fique para sentir que tem controle sobre tudo.

— Admito que é isto — disse o Senhor dos Mortos, com um sorriso muito discreto. — Você vai ficar?

— Vou — respondeu Nadya.

Kade fechou os olhos, parecendo sofrer.

— O acordo está selado. — O Senhor dos Mortos se virou para o grupo. — Seu pagamento está feito; a sombra pode ir com vocês. Nancy?

— Sim, milorde?

— Leve sua amiga até o rio.

— Sim, milorde — disse Nancy e se virou para Nadya.

— Venha comigo.

Os outros se levantaram, observando em silêncio, enquanto a garota que os deixara para encantar o salão do mestre conduzia Nadya, a Garota Afogada, para longe, em direção ao rio, em direção ao futuro, não importava o que esse futuro lhe reservava. Nenhuma delas olhou para trás. Nenhuma delas se despediu. O esqueleto coberto de sombra de Sumi era um lembrete paciente de por que eles tinham decidido pagar esse preço e o que ele teria de redimir.

— Obrigado, senhor — disse Kade finalmente. — Vamos embora agora.

— Espere — disse Christopher.

O Senhor dos Mortos se virou para ele.

— Sim, filho de Mariposa?

— Posso tirar os ossos dos mortos da terra com a flauta e, em Mariposa, isso é suficiente: nada fica faltando. Falta alguma coisa em Sumi. Nancy disse que o absurdo não veio para cá. Para onde ele foi?

— Para o mesmo lugar aonde o absurdo sempre vai — respondeu o Senhor dos Mortos. — Foi para casa. Mesmo quando uma porta nunca se abre durante a vida de um viajante, ele encontra descanso depois da morte.

— Para casa... — disse Kade lentamente. Virou-se para Rini. — Muito bem. Nos leve até Confeitaria.

Os olhos de Rini se iluminaram. Ela não hesitou, simplesmente levou o bracelete até a boca e mordeu outra conta, mastigando ruidosamente enquanto engolia.

A porta se abriu diretamente sob os pés deles, alargando-se, e logo estavam caindo, quatro adolescentes vivos e um esqueleto reluzente. Rini gargalhou durante toda a descida. A porta bateu e se fechou com tudo atrás deles.

O Senhor dos Mortos olhou para o local onde ela estivera e suspirou antes de acenar a mão, fazendo as fagulhas de luz dançarem pelo salão. Os vivos estavam sempre com tanta pressa. Eles aprenderiam em breve.

A porta de Rini se abriu em cima do que Cora teria chamado de oceano, se não fosse rosa-choque e não borbulhasse delicadamente. Christopher se encolheu em uma bola assim que caiu, usando o corpo todo para proteger a flauta. Kade se sentiu um amador, os membros se debatendo e em pânico. Rini estava rindo, girando loucamente no ar, como se não acreditasse que a gravidade pudesse machucá-la. O esqueleto de Sumi mal caiu. As pessoas mortas provavelmente não se preocupavam muito com afogamentos.

Cora, que já fora a potência surpresa da equipe de natação da escola, curvou o corpo formando um arco, os braços esticados na frente, as mãos unidas, a cabeça abaixada para reduzir as chances de quebrar o pescoço no impacto. Isso não acontecia com frequência. Ela não via mergulhadores saltando dessa altura com frequência.

Estou voando, pensou ela, toda alegrinha, e quem se importava se o mar embaixo dela era rosa e o ar ao redor tinha cheiro de açúcar e calda de morango? Quem se *importava?* A escola tinha uma lagoa de tartarugas e banheiras grandes o suficiente para ela afundar até o nariz, deixando apenas as pequenas ilhas dos joelhos e a ponta da barriga sobre a superfície, mas não tinha uma piscina nem um oceano. Ela não nadava desde que deixara as Trincheiras, e cada molécula do seu corpo ansiava pelo momento em que ela estaria cercada pelo mar.

Eles atingiram a superfície ao mesmo tempo, Kade e Christopher com respingos enormes, Rini e Sumi com menores, e Cora atravessando a superfície das ondas como um arpão, cortando e descendo, descendo até as profundezas cor-de-rosa borbulhantes.

Ela foi a primeira a voltar para o ar, a força dos chutes treinados de sereia impulsionando-a a vários metros sobre a espuma rosada enquanto irrompia e exclamava:

— É *refrigerante!*

Rini riu quando surgiu na superfície.

— Refrigerante de morango e ruibarbo! — comemorou ela. Uma das suas orelhas tinha sumido, juntando-se aos dedos no nada. Ela não parecia ter notado. — Estamos em casa, estamos em casa, estamos em casa e não é rasa! — Ela jogou o líquido em Cora com a mão restante, lançando gotas de refrigerante para todos os lados.

Kade estava cuspindo quando emergiu. Os ossos de Sumi simplesmente flutuaram até a superfície, boiando além de todas as medidas humanas.

Cora franziu a testa.

— Onde está Christopher? — perguntou ela, olhando para Kade.

— O que quer dizer?

— Eu vi onde todo mundo estava enquanto caíamos. — Ela era a única calma o suficiente para verificar. Os outros estavam em pânico ou despencando, sem tentar se controlar. Ela não podia culpá-los. A vida de cada um os preparou para alguma coisa diferente. — Ele estava bem ao seu lado.

Os olhos de Kade se arregalaram.

— Não sei.

Não havia tempo para continuar falando: não se ela quisesse que isso terminasse bem. Cora respirou fundo antes de mergulhar, desejando brevemente ter um elástico de cabelo ou, melhor ainda, suas guelras.

O mar de refrigerante de ruibarbo e morango – quem fez *isso*? Todos eles teriam uma terrível infecção urinária depois disso – era translúcido, mais leve do que água normal. As bolhas faziam os olhos arderem, porém, ela conseguia lidar com a dor. O cloro era pior.

(Era difícil não pensar nos estragos que o açúcar e a carbonação podiam provocar – mas Rini não estava preocupada, e este era o oceano de Rini, no mundo Absurdo de Rini. Talvez as coisas funcionassem de um jeito diferente aqui. As coisas pareciam funcionar de um jeito diferente em todos os lugares aonde ela ia. De qualquer maneira, a coisas tinham de ser pelo menos *um pouco* diferentes, senão eles não teriam conseguido boiar.)

Uma enguia comprida passou nadando, parecendo ser feita de caramelo salgado vivo. O formato esquisito do seu corpo trouxe à mente o conceito de tubarões de menta e tartarugas com casco de quebra-queixo, de peixes de jujuba, um ecossistema completo feito de açúcar vivo, prosperando em um local onde as regras eram diferentes, onde as regras não se preocupavam com o modo como as coisas funcionavam em outros lugares. Os outros lugares eram uma lenda e uma mentira, até virem procurar por você.

Cora mergulhou fundo, fundo, fundo no oceano de morango e ruibarbo, até ver alguma coisa caindo lentamente dentro do mar. Parecia sólido demais para ser feito de doce e escuro demais para ser colocado no saquinho de guloseimas de uma criança. Ela nadou com mais energia, juntando instintivamente as pernas e chutando como um golfinho para descer. Mesmo sem barbatana e escama, foi a heroína das Trincheiras, a sereia que nadou como se o próprio Diabo estivesse atrás dela. Chegou rapidamente ao lado de Christopher, pegando-o em meio ao refrigerante.

Os olhos dele estavam fechados. Não saía nenhuma bolha do nariz nem da boca. Mas estava segurando a flauta de osso com força na mão. Cora esperava que isso significasse que ainda estava vivo. Ele não teria soltado, se já estivesse morto?

Ele não ia soltar a flauta. Normalmente, ela teria colocado as mãos sob os braços dele, usando as axilas para arrastá-lo consigo, mas, se isso o fizesse soltar a flauta, ele insistiria em voltar ao fundo para tentar encontrar seu último fragmento de casa. Ela entendia isso. Assim, carregou-o nos braços, em uma paródia de recém-casados ou do Monstro da Lagoa Negra carregando sua bela vítima para fora da água. Christopher não se mexeu.

Cora chutou.

Às vezes ela achava que sempre tinha sido uma sereia: que seu tempo entre as pessoas de duas pernas era um acaso e que sua realidade era ter rabo de baleia. Ela era feita para viver uma existência molhada e aquosa, livre da tirania da gravidade – que andava tentando estragar seu dia ainda mais do que o normal, começando com a queda de Rini na lagoa de tartarugas. Ela chutou e o mar respondeu, impulsionando-a para cima, transformando o esforço em impulso.

Isso, bem aqui, era como a vida deveria ser. Apenas ela e um meio ambiente onde seu tamanho era uma vantagem, não um impedimento. Seus pulmões eram grandes. Suas pernas eram fortes. Ela estava voando, e nem o fato de estar com Christopher nos braços diminuía sua velocidade.

Eles romperam a superfície do mar em um borrifo de refrigerante e bolhas. Rini e Kade ainda estavam boiando ali, esperando, assim como o esqueleto de Sumi, que flutuava como um brinquedo de banho para a criança mais mórbida do mundo.

A cabeça de Christopher estava solta, a boca aberta e frouxa, um rastro de refrigerante cor-de-rosa escorrendo dos lábios até o queixo. Cora se lançou para todos os lados até ver a linha distante da orla. Não estava muito longe: talvez uns cinquenta metros. Ela conseguia fazer isso.

— Venham! — gritou ela e nadou, deixando os companheiros rapidamente para trás. Isso não importava. *Eles* não importavam. Era Christopher que estava se afogando, que já tinha se afogado. Era Christopher que ela precisava salvar.

No que pareceu um piscar de olhos, ela estava cambaleando de novo nas pernas indesejadas, carregando Christopher para longe das ondas efervescentes e em direção à orla. Era feita de açúcar mascavo e migalhas de bolo, ela percebeu quando o estava jogando no chão. Ele continuava sem se mexer. Ela o rolou para o lado, batendo nas suas costas até um jorro de líquido cor-de-rosa sair da sua boca em um jato, misturando-se rapidamente à orla açucarada. Ele continuava sem se mexer.

Cora fez uma careta, percebendo o que teria de fazer, e o rolou de costas, começando a seguir os passos da reanimação cardiorrespiratória. Ela havia feito todos os cursos de salva-vidas entre o nono e o décimo ano, pois pretendia passar o verão sentada à beira da piscina, impedindo que as crianças se afogassem. Talvez até protegendo os mais tímidos e os mais gordos dos colegas, que sempre encontravam motivos para fazer piada com eles. (Ela não tinha contado com os próprios colegas, que estavam mais inclinados ainda a fazer piada do que seus irmãos e irmãs mais novos. Não tinha contado com os bilhetes enfiados no seu armário, mais cruéis e mais frios do que os que ela recebia na escola, onde pelo menos os outros alunos estavam acostumados a ela, tinham tido tempo de aprender a pensar nela como outra coisa que não fosse "a garota gorda". Ela nunca chegou a vestir o maiô vermelho nem a usar o apito. Ela fez... outra coisa, em vez disso, e, quando acordou e se viu nas Trincheiras, achou que o além-vida era surpreendentemente gentil, sem perceber que ainda era sua vida atual e que a vida sempre encontraria um novo jeito de ser cruel.)

Ela respirou por ele. Empurrou o peito dele até finalmente começar a se mexer sozinho; até Christopher rolar de lado de novo, desta vez por conta própria, e vomitar mais um jorro de líquido cor-de-rosa efervescente na areia. Ele começou a tossir e ela se inclinou para a frente, ajudando-o a se sentar, massageando suas costas em círculos lentos e tranquilizantes.

— Respire — disse ela. — Você precisa respirar.

Havia uma comoção atrás dela. Ela não se virou. Sabia o que ia ver: duas pessoas que não nadavam bem o bastante cambaleando para longe das ondas, com um esqueleto logo atrás. Ela não conseguiria identificar quando foi que isso se tornou o novo normal.

Christopher tossiu de novo antes de levantar a cabeça, os olhos se arregalando de preocupação. Cora suspirou.

— Está na sua mão — disse ela. — Você não a soltou. Eu não deixei.

Ele olhou para baixo, relaxando um pouco quando viu a flauta. Continuava sem falar.

Cora se sentou sobre as panturrilhas, os joelhos dobrados sob ela, o líquido cor-de-rosa grudento ensopando cada centímetro dela e, pela primeira vez desde que saiu das Trincheiras, quase se sentiu satisfeita. Quase se sentiu em casa. Virou-se e disse a Kade e Rini:

— Ele vai ficar bem.

— Graças a Deus — disse Kade. — A tia Eleanor vai me perdoar por Nadya ter decidido ficar para trás em um Submundo que pode ter fronteira com o dela, mas não me perdoaria por um afogamento.

— Por que ele não ficaria bem? — perguntou Rini. — É só açúcar.

— Pessoas que não são daqui podem morrer se inspirarem líquido demais — explicou Cora. — Isso se chama "afogamento".

Rini pareceu assustada.

— Que mundo terrível vocês têm. Eu não ia querer viver em um lugar onde as mães morrem e as pessoas não conseguem respirar o mar.

— É, bom, a gente se vira com o que tem — murmurou Cora, pensando em pílulas, piscinas e afogamentos. Ela se virou de novo para Christopher. — Acha que consegue se levantar?

Ele assentiu, ainda em silêncio. Cora se inclinou para a frente, enganchou as mãos sob os braços dele e se levantou, puxando-o consigo, fazendo a alavanca de que ele precisava para se levantar. Christopher tossiu mais uma vez, levando a mão até a base da garganta.

— Arde — disse ele com a voz rouca.

— É a carbonação — explicou Cora. — Não respire refrigerante. Não respire água também, a menos que você seja feito para isso. O cloro também te fode muito. Vai passar.

Christopher assentiu, baixando a mão e deixando-a se juntar à outra para segurar a flauta de osso, que já estava seca e não parecia ter sido manchada pela passagem por uma infinidade de tinta cor-de-rosa.

Não se podia dizer o mesmo do restante deles. A camisa de Kade, que era branca, agora tinha um tom agradável de rosa, e o vestido de Rini estava menos "sorbet derretendo" e mais "vitamina de morango". Cora estava usando cores escuras, mas as meias brancas não eram mais brancas. Até Sumi reluzia com gotículas de líquido cor-de-rosa, como joias sob o sol.

— Isso está ficando cada vez mais esquisito, e não tenho certeza se estou gostando — murmurou Cora.

Kade lançou um olhar solidário para ela antes de passar a mão no cabelo, tirando uma onda gosmenta de refrigerante.

— Tente não pensar demais. Não sabemos quanta lógica este lugar consegue aguentar e, se ele começar a tentar nos destruir porque estamos aplicando regras demais, teremos problemas. — Ele se virou para Rini. — Estamos no seu território, agora. Aonde vamos para encontrar o absurdo da sua mãe? Vamos precisar disso se quisermos reconstruí-la.

Cora engoliu uma cachoeira de risadinhas. Teriam parecido histéricas, ela sabia: teriam dado a impressão de que ela não conseguia mais aguentar. E isso não seria totalmente errado. Era uma pessoa sólida e prática e, embora aceitasse a existência da magia – meio difícil não aceitar, nessas circunstâncias –, havia muita coisa entre "a magia é real, outros mundos são reais, sereias podem ser reais em um mundo que as deseja" e "tudo é real, mulheres caem do céu em lagoas de tartarugas, esqueletos andam e deixamos minha melhor amiga no submundo".

Quando voltasse para a escola, ia se enfiar em um banho quente, enroscar-se na banheira e dormir durante *dias*.

— Este é o Mar de Morango — disse Rini desconfortavelmente, olhando ao redor. — As Montanhas de Merengue ficam a oeste, e a Grande Montanha de Doce fica a leste. Se traçarmos um curso entre elas, atravessando as Florestas de Fondant, devemos chegar às fazendas. É lá que fica a minha casa. É lá que minha mãe deve estar. Se o absurdo dela decidisse ir a algum lugar, provavelmente seria para lá.

— Qual é o *nível* de Absurdo deste mundo, Rini? — perguntou Kade. — Nenhum de nós esteve em locais absurdos, e o Absurdo tende a rejeitar o que não pertence a ele. Tendemos a carregar a lógica pelo caminho como a terra nos sapatos.

— Eu não entendo — disse Rini.

— Se as pessoas normalmente não se afogam quando respiram água aqui e Christopher quase se afogou, isso é a lógica se infiltrando — disse Kade. — Precisamos consertar sua mãe e sair daqui antes que o mundo decida nos expulsar.

— Para onde iríamos? — perguntou Cora.

— Esse é o tipo de pergunta filosófica que minha tia adora e eu odeio — disse Kade. — Talvez voltássemos para a escola ou para os Salões dos Mortos e ficássemos presos vendo Nancy brincar de anão de jardim para sempre. Ou talvez fôssemos lançados de volta pelas nossas portas. — Sua boca era uma linha fina e preocupada. — Muito bom para vocês. Não tão bom para mim.

Cora não conhecia todas as circunstâncias da porta de Kade, mas sabia o suficiente para entender que ele era um dos únicos alunos que não tinha a menor vontade de voltar. Enquanto os outros procuravam, ele se recostava e observava, satisfeito por saber que a escola seria seu lar pelo restante da vida. Isso era bom. Alguém precisava manter aceso o fogo do farol, porque sempre haveria crianças perdidas procurando por ele. Isso também era terrível. Ninguém deveria encontrar o lugar ao qual pertencia e depois rejeitá-lo.

— Confeitaria é Confeitaria — disse Rini, parecendo confusa. — Minha mãe sempre dizia que era Absurdo, depois ria, me beijava e dizia: "Mas as coisas ainda fazem o de sempre, e os bebês ainda nascem".

— Então é um mundo Absurdo com regras internas coerentes — disse Kade, parecendo aliviado. — Vocês provavelmente estão perto da fronteira da Lógica ou têm uma forte base de Razão. De qualquer maneira, provavelmente não seremos expulsos a menos que comecemos a negar a realidade ao nosso redor. Não falem de nutrição.

— Eu não estava planejando fazer isso — disse Christopher.

Cora, que aos poucos estava percebendo que era uma garota gorda em um mundo feito totalmente de bolo – uma coisa que os alunos da sua antiga escola provavelmente teriam chamado de sua fantasia mais profunda –, não disse nada quando seu rosto ficou vermelho.

Os cinco se arrastaram pela praia de migalhas e açúcar, indo em direção à rocha de biscoitos cream cracker e bolachas amanteigados adiante. Apenas Sumi parecia não ter dificuldade com o solo irregular: era leve demais para afundar na areia e andava despreocupada, deixando pegadas ossudas no caminho. Era uma estranha exposição dupla de uma impossibilidade, esqueleto de arco-íris e adolescente solene em preto-e-branco ao mesmo tempo, e o simples fato de olhar para ela era suficiente para fazer Cora estremecer. Qualquer imagem que Sumi apresentasse atualmente teria sido ruim. As duas juntas eram um pouco ofensivas, contraditórias demais para serem possíveis, concretas demais para serem negadas.

— Qual é a distância até a sua fazenda? — perguntou Kade.

Rini pensou por um instante antes de responder:

— Menos de um dia. "Uma jornada de um dia é como fermento: use-a bem e o bolo vai subir para te encontrar".

Christopher piscou.

— Você quer dizer que o mundo se corrige de modo que todos os lugares aos quais você quer ir ficam a um dia de caminhada de onde você está?

— Bem, é claro — respondeu Rini. — Não é assim que funciona no mundo de vocês?

— Infelizmente, não.

— Hum — disse Rini. — E vocês chamam o *meu* mundo de absurdo.

Christopher não tinha uma resposta para isso.

As panturrilhas de Cora estavam doendo quando eles chegaram ao fim da praia, e foi um doce alívio pisar na rocha sólida de produtos de padaria, sentindo a firmeza sob os pés. O biscoito cream cracker e o biscoito amanteigado tinham mais flexibilidade do que a rocha teria, como andar no concreto emborrachado da Disney. Precisava desesperadamente se sentar, mas, se todas as estradas fossem como esta, ela ficaria bem por um tempo.

Eles não tinham andado muito quando a primeira vegetação começou a aparecer — se é que se pode chamar assim. As árvores tinham troncos de biscoito de gengibre e fudge, e folhas de fio de açúcar cercavam aglomerações de ursinhos de goma e jujubas. O gramado parecia ter sido feito com bico de confeiteiro. Rini parou para se esticar na ponta dos pés e pegar um punhado de bolinhos nos galhos mais baixos de uma árvore, começando a mastigar enquanto voltava a caminhar.

— Nunca se deve comer o chão — disse ela despreocupada, com bolo entre os dentes e cobertura nos lábios. — As pessoas pisam nele.

— Mas, se a terra aqui é comestível, qual é o problema se os pés de alguém estiverem sujos? — perguntou Christopher.

Rini engoliu antes de lançar um olhar contundente para ele e dizer:

— Nós fazemos *xixi*. As pessoas fazem xixi, e outras pessoas pisam nele e andam pela terra. Não quero comer alguma coisa que tenha *xixi* de alguém. É nojento. As pessoas comem xixi no lugar de onde você veio?

— Há controvérsias! — protestou Christopher. — Nenhum dos esqueletos em Mariposa faz... isso. Às vezes eles comem, e ainda gostam do sabor do vinho e da cerveja de gengibre, mas não têm estômago, então tudo atravessa direto por eles.

Cora piscou para ele.

— Mas *você*...

— Não pergunte. — Christopher balançou a cabeça. — Era bagunçado, desagradável e resolvíamos tudo no final, e eu não quero falar sobre isso.

— Rini — disse Kade, antes que ela pedisse a Christopher para explicar melhor —, como é que tudo aqui é feito de doce, menos as pessoas?

— Ah, essa é fácil. — Rini mordeu outro cake pop, engolindo antes de dizer: — A Confeitaria é como quebra-queixo. Camadas, camadas e camadas todas empilhadas umas sobre as outras, descendo até o meio, que é apenas uma bolinha dura de rocha e tristeza. Mais ou menos como o seu mundo, só que menor.

— Obrigado — disse Kade, de um jeito seco.

Rini nem pareceu notar.

— É um mundo, por isso, apesar de ninguém viver lá, alguém acabou achando uma porta que levou até lá. Ela olhou ao redor e pensou "Ora, isso é horrível", depois pensou "Seria melhor se eu tivesse um pão", e encontrou um forno e todos os ingredientes necessários para fazer um pão, porque a Confeitaria já estava querendo nascer. E ela assou, assou e assou. Ela assou todos os pães que poderia comer, depois assou uma cama, depois uma casa para colocar a cama, e pensou "Não seria ótimo se eu tivesse alguma coisa mais macia para pisar?" e assou pão suficiente para dar a volta ao mundo duas vezes, de modo que a rocha sumiu e ela tinha um reino inteiro feito de pão. Ainda era bem pequeno, na verdade, e ela acabou entediada e assou uma porta para casa e nunca mais voltou. — Ela fez uma pausa. — Mas a filha voltou. E a filha não dava a mínima para pão, já que foi filha de uma padeira a vida toda, mas, uau, como gostava de cookies...

A história de Rini não tinha fim, revelando a criação de Confeitaria em voltas grandiosas e preguiçosas enquanto os confeiteiros – o que parecia ser uma sucessão infinita de confeiteiros, um após o outro – vinham pela porta que a Padeira tinha assado. Cada um deles ficava o suficiente para acrescentar mais uma camada ao mundo, tornando-se o próximo nome no longo panteão de deuses culinários de Confeitaria.

—... e, depois que a Fazedora de Brownies colocou a *sua* camada no mundo, as plantas começaram a crescer. Acho que é isso que acontece quando se tem tanto açúcar em um lugar só.

— Não — disse Cora. — Na verdade, não é assim. — Ela queria dizer mais, como o fato de o pão ficar velho e mofado, e o sorvete normalmente não ser estável o suficiente para funcionar como base de uma geleira, não importava *quanto* esfriasse, mas mordeu a língua. As regras eram diferentes aqui, como eram diferentes nas Trincheiras e nos Salões dos Mortos e em todos os mundos do outro lado de uma porta impossível que desaparecia.

Rini provavelmente ficaria horrorizada ao ouvir sobre mofo de pão, queimaduras de congelador e todas as outras coisas que podiam acontecer com os materiais da base do seu mundo do outro lado da porta. E talvez isso explicasse a concepção da Confeitaria. Talvez a primeira confeiteira, a garota que só queria fazer pão, tivesse vindo de um lugar onde nunca havia comida suficiente ou onde o pão estragava antes que ela conseguisse comê-lo. Por isso ela assava, assava e assava, até o estômago não estar mais vazio, até ela não ter medo de morrer de fome, e depois voltou para casa, aprendendo a única lição que um mundo pequeno e vazio tinha para lhe ensinar.

De acordo com Rini, Confeitaria era como um quebra-queixo. Cora achava que era mais parecido como uma pérola, camadas sobre camadas sobre camadas, todas cercando aquela primeira *necessidade* que envolvia tudo. A fome era a necessidade mais básica. E se todos os mundos fossem assim? E se todos fossem construídos pelos viajantes que tropeçavam em uma porta e encontravam seu caminho até um lugar perfeito, um lugar hiper-realista, um lugar do qual eles podiam *precisar?* Um lugar onde essa necessidade podia ser *saciada?*

A praia estava distante demais para eles ouvirem o som das ondas, embora o ar ainda tivesse um cheiro fraco de morango.

Cora achou que isso poderia ser uma consequência do refrigerante ensopado nas roupas deles, que estava secando doce e grudento na pele. Uma mosca zumbiu perto deles para investigar, o corpo feito de jujuba preta gordurosa, as pernas de fios finos de bala de alcaçuz retorcida. Ela a espantou.

Rini, com as bochechas ainda cheias de cake pop, parou de andar.

— Oh-oh — disse ela, a voz grossa e pegajosa pelo conteúdo da boca. Ela engoliu com vontade. — Temos um problema.

— O que foi? — perguntou Kade.

Rini apontou.

Ali adiante, vindo por sobre uma colina que parecia feita de torta de melaço e merengue batido, cavalgava o que parecia o início de um exército. Era impossível dizer, desta distância, se os cavalos eram reais ou um pedaço extremamente esperto de produto de padaria, mas isso não importava de verdade, porque uma espada feita de açúcar pode ser afiada o suficiente para cravar até os ossos. Os cavaleiros que cavalgavam esses corcéis implacáveis usavam uma armadura laminada que reluzia ao sol, e não havia dúvida quanto a suas intenções.

— Correr, talvez? — disse Rini, virando-se e fugindo, com os outros logo atrás.

Claro que eles tentaram fugir – fazer qualquer outra coisa teria sido tolice.

Claro que eles fracassaram. Dos cinco, apenas Cora corria com regularidade e, embora pudesse ser notavelmente rápida quando queria, interessava-se mais por resistência do que por velocidade. Sumi era esquelética e não tinha músculos largos que possibilitariam que tirasse vantagem da sua estrutura leve. Rini corria como alguém que nunca tinha pensado no exercício como parte necessária da vida diária: era magra, mas fora de forma, e foi a primeira a ficar para trás.

Kade e Christopher faziam o melhor que podiam, mas um era alfaiate e o outro tinha acabado de escapar de se afogar por um triz; nenhum dos dois era muito bem equipado para correr. Resumindo, todos ficaram cercados por cavaleiros de armadura sobre cavalos.

De perto, os cavalos eram claramente de carne e osso, embora a armadura parecesse feita de bala dura e pé-de-moleque, enrolada em papel laminado para impedir de grudar na pele humana ou no pelo dos cavalos.

— Rini Onishi, você está presa por crimes contra a Rainha dos Bolos — disse o líder dos cavaleiros. Rini mostrou os dentes para o homem. Ele a ignorou. — Você vem conosco.

— Ai, merda — disse Christopher e isso estava totalmente certo, não havia mais nada a dizer.

PARTE 3

ASSE-ME UMA MONTANHA, GLACEIE-ME UM CÉU

7

PRISIONEIROS DA GUERRA DE OUTREM

Os cavaleiros produziram uma quantidade surpreendente de corda de fio de açúcar e amarraram os prisioneiros, jogando-os sobre os cavalos como sacos de roupa suja. Pareciam ter medo de encostar em Sumi, em toda a sua glória esquelética; no fim, tiveram de jogar um laço de corda ao redor do pescoço dela, como se fosse um cachorro. Isso pareceu suficiente para torná-la dócil: ela seguiu atrás do grupo lento sem protestar nem tentar fugir.

Todos foram minuciosamente revistados antes de serem amarrados, e qualquer coisa vista como perigosa foi rapidamente confiscada, incluindo o bracelete de Rini e a flauta de osso de Christopher. Cora tentou não pensar muito no que a perda do bracelete poderia significar para o restante deles. Claro que o mago que dera o bracelete para Rini seria capaz de fazer outro, alguma coisa que permitiria que todos voltassem para a srta. West quando tudo terminasse. Claro que não estavam prestes a ficarem presos atrás da porta de outra pessoa, em um mundo que era ainda menos certo para eles do que aqueles em que tinham nascido. Ela ainda não conseguia pensar na escola como "lar", da mesma maneira que não conseguia pensar em voltar para a casa na qual sua família esperava pelo dia em que ela estaria curada de todas as coisas que a tornavam quem ela era, mas...

Mas não podia ficar aqui. Isso não era uma aventura de fantasia. Era um pesadelo de país das maravilhas coberto de açúcar, o local que as crianças com quem estudara achavam que ela sonhava em encontrar atrás de uma porta impossível, e ela não queria saber nada deste lugar. Nada mesmo.

Os cavaleiros seguiram, os prisioneiros permaneceram pendurados e tudo começou a ficar borrado, como se a paisagem estivesse acelerando ao redor deles. Isso era o absurdo lógico de Confeitaria agindo, onde tudo estava a um dia de jornada de todo o restante, não importava quão rápido você viajava ou quão grande ficasse o mundo.

(Parecia uma pequena trapaça – mas, por outro lado, para alguém como Rini, aviões e carros esportivos provavelmente também pareciam uma trapaça, um jeito de cobrir todas as distâncias do mundo e não ser obrigado a considerá-las. A trapaça era sempre uma questão de perspectiva e de quem estava dando as cartas.)

Kade ofegou. Cora retorceu as amarras ao máximo, inclinando o pescoço até conseguir ver o que ele tinha visto. E aí também ofegou, os olhos se arregalando enquanto tentava absorver tudo.

De certa maneira, o castelo que havia aparecido diante deles não passava de uma casa de biscoito de gengibre dramaticamente exagerada. Era o tipo de coisa que as crianças gostavam de construir nas festas natalinas sob os olhares vigilantes dos pais, espalhando farinha de trigo e cobertura para todos os lados. Mas, por mais que essa ideia fosse verdadeira, não fazia justiça à construção imponente de bolo e tijolos de cereais e açúcar. Não era algo criado na cozinha, feito para ser devorado com dedos pegajosos depois do jantar de Natal. Era um monumento, um ponto de referência, uma maravilha arquitetônica assada com a única intenção de ficar de pé por mil anos.

As paredes de biscoito de gengibre eram tão escuras de temperos que chegavam a ser quase pretas, endurecidas com melado e fortalecidas com colunas de pretzel retorcido. Os cristais de açúcar que ornamentavam as paredes eram maiores que o punho de Kade e afiados com pontas perigosas, até a estrutura toda se tornar uma arma. As ameias pareciam ter sido esculpidas de bala e as torres eram absurdamente altas, ignorando as leis da física e o bom senso.

Rini gemeu.

— O castelo da Rainha dos Bolos — disse ela. — Estamos condenados.

— Achei que sua mãe a tinha derrotado — sibilou Cora.

— Derrotou e não derrotou — disse Rini. — Como minha mãe morreu antes de voltar para Confeitaria, tudo começou a se desfazer. A Rainha dos Bolos voltou no mesmo instante em que meu primeiro dedo desapareceu. *Ela* voltou inteira de uma vez, talvez porque minha mãe a matou de uma vez, e *eu* fui criada ingrediente a ingrediente. Ela levou nove meses para me assar. Posso levar nove meses para desaparecer, um pedacinho a cada momento, até que sobre apenas meu coração, pousado no chão, batendo sem um corpo.

— Corações não funcionam assim — disse Christopher.

— Esqueletos não andam por aí — argumentou Rini.

— Silêncio, todos vocês — vociferou um dos cavaleiros.

— Mostrem algum respeito. Vocês estão prestes a ficar diante da legítima governante de Confeitaria.

— Não existe uma legítima governante de toda Confeitaria — disse Rini. — Bolos e balas e fudges e biscoitos de gengibre não seguem as mesmas regras, então como é possível alguém criar regras para todo mundo ao mesmo tempo? Vocês seguem uma falsa rainha. A Primeira Confeiteira teria vergonha de vocês. O Primeiro Forno se recusaria a assar seus corações. Vocês...

O punho dele a atingiu no rosto, lançando sua cabeça para trás, deixando-a ofegante. Ele se virou para encarar os outros prisioneiros, os olhos pousando em cada um deles.

— Mostrem respeito ou paguem o preço: a escolha é de vocês — disse, e os cavalos saíram trotando, carregando-os para mais perto do castelo e para a mulher impossível que esperava por eles.

O corredor principal do castelo seguia e cumpria a promessa de seu exterior: tudo era feito de bala ou bolo ou algum outro produto de padaria, mas elevado a uma graciosidade e uma glória que faria os confeiteiros de casa chorarem com a natureza fútil de seus esforços. Havia candelabros de cristais de açúcar pendurados no teto abobadado de chocolate pintado. Janelas de vidro de açúcar colorido filtravam e espalhavam a luz, transformando tudo em uma explosão de arco-íris.

Cora podia fechar os olhos e imaginar esse lugar todo em plástico, produzido em massa para divertir crianças. Isso o tornava um pouco melhor. Se simplesmente fingisse que nada disso estava acontecendo, que estava em segurança na sua cama na escola – ou, melhor ainda, que estava dormindo na sua rede de algas nas Trincheiras, com as correntes ninando-a delicadamente durante o sono –, talvez pudesse sobreviver a tudo com a sanidade intacta.

A ponta afiada de açúcar da lança nas suas costas tornava um pouco difícil sair completamente do ar.

Rini estava mancando. Pelo modo como oscilava, parecia que seus dedos do pé estavam começando a seguir os da mão até o nada, deixando-a desequilibrada e instável. Kade e Christopher estavam andando normalmente, embora Christopher parecesse pálido e um pouco perdido. Seus dedos ficavam flexionando, tentando traçar os acordes em uma flauta que não estava mais ali.

Apenas Sumi parecia imperturbada pela mudança na situação de todos. Seguia plácida, os pés de esqueleto estalando suavemente no piso de bala polida, a fina camada da sua sombra continuando a olhar ao redor com um desinteresse educado, como se esta não fosse uma situação extraordinária.

— O que eles vão fazer conosco, Rini? — perguntou Kade em voz baixa.

— Minha mãe disse que na primeira vez que encarou a Rainha dos Bolos, ela foi obrigada a comer um *prato inteiro* de brócolis — disse Rini.

Kade relaxou um pouco.

— Ah, isso não é tão ruim...

— E depois tentou abrir a minha mãe para poder ler o futuro nas suas entranhas. Não dá para ler o futuro em entranhas de doce. São pegajosas demais. — Rini disse isso em um tom casual, como se tivesse vergonha de precisar lembrar a eles de um fato tão básico da vida.

Kade ficou pálido.

— Olha, isso é ruim. Isso é muito ruim.

— Silêncio — vociferou um dos cavaleiros. Eles estavam se aproximando de um par de portas gigantescas de biscoito de gengibre, decoradas com folhas de vidro de açúcar em uma dezena de cores diferentes. Cora franziu a testa. Eram coloridas, sim, e lindas, cobertas em minúsculos cristais de açúcar que reluziam como estrelas sob a luz, mas não combinavam. Nada disso combinava. Era por isso que ela ficava pensando em crianças brincando na cozinha: não parecia haver um senso de unidade ou um tema no castelo. Ele era grande. Era dramático. Não era *coerente*.

Este é um mundo Absurdo, pensou. A coerência provavelmente não era uma prioridade.

Um pequeno alçapão se abriu ao lado da porta e uma bela boneca dançante esculpida em espirais de menta e caramelo saiu dali, segurando um pergaminho nas mãos pegajosas.

— Sua Majestade, a Governante Inquestionável de Confeitaria, Herdeira da Primeira Confeiteira, a Rainha dos Bolos, vai recebê-los agora! — proclamou a boneca. Sua voz era alta, aguda e doce, como xarope com mel. — Impressionem-se com sua generosidade! Deliciem-se com sua bondade! Não mordam as mãos que os alimentam!

A boneca foi subitamente puxada com força para trás, como se houvesse uma corda na sua cintura. O alçapão se fechou de repente e as portas se abriram, revelando o mundo encantado de cores fortes do salão do trono.

Era como Confeitaria em miniatura: uma versão de brinquedo infantil do mundo selvagem e potencialmente perigoso lá fora. As paredes eram pintadas com colinas verdes cobertas por um céu de algodão-doce azul e rosa. Árvores de pirulito e arbustos de jujuba cresciam por toda parte. O chão era de bala verde polida, como grama, como as colinas. Com um passo, Cora viu que as paredes não eram pintadas. Eram confeitadas com cobertura em relevo e feitas para criar a ilusão de profundidade. Mais um passo e viu que os arbustos e as árvores estavam em vasos de quebra-queixo, as raízes cortadas para impedi-las de crescer fora de controle.

No terceiro passo, um véu de vegetação de açúcar transplantado estava aberto, e lá estava a Rainha dos Bolos, uma mulher magra de cara espremida usando um vestido que também era um bolo de casamento de seis camadas, a superfície feita de cobertura e joias comestíveis. Não dava a impressão de que poderia ser confortável. Cora nem tinha certeza se a mulher conseguia se mexer sem rachar sua vestimenta e forçá-la a ser assada de novo. Ela segurava um cetro em uma das mãos, um graveto comprido e elaborado de açúcar soprado e fondant com filigranas, combinando com a coroa na sua cabeça.

A Rainha olhou para cada um deles, os olhos se demorando por um instante em Sumi antes de finalmente pousar em Rini. Ela deu um sorriso lento e doce.

— Finalmente — disse. — Sua mãe não me convidou para sua primeira festa de aniversário, sabe, e eu sou a governante destas terras. A primeira fatia de bolo deveria ter sido minha, como um tributo adequado.

— Minha mãe ofereceu a primeira fatia para a Primeira Confeiteira, como é correto e adequado, e não convidou *nenhuma* pessoa morta para a minha festa — disse Rini com inteligência. — Não que a teríamos convidado se você não estivesse morta. Ela sempre disse que você era o tipo de pessoa que nunca ia a uma festa se não pudesse estragá-la.

A Rainha dos Bolos fez uma careta por um instante – mas só por um instante, o rosto suavizando de volta para a placidez agradável tão rápido que parecia que a careta podia ter sido uma mentira. — Sua mãe estava errada sobre muitas coisas. Ainda me lembro dela passando gordura quente nas minhas mãos. Minhas lindas mãos. — Ela as levantou, mostrando que eram perfeitas e intactas. — Tentou me parar, mas olhe para mim agora. Estou aqui, saudável, robusta e voltando a governar, e você, seu pequeno potencial precioso, está desaparecendo. Quanto tempo você acha que tem antes que o mundo perceba que você nunca existiu e te engula completamente? Quero saber quando devo planejar minha *própria* festa. Aquela que vai comemorar a vida eterna.

— Você era uma de nós — disse Cora, espantada.

A Rainha dos Bolos se virou para encará-la com os olhos semicerrados.

— Não me lembro de ter pedido para você falar, *querida* — disse ela. — Agora cale essa sua boca gorda ou eu vou enchê-la para você.

— Você era uma de nós — repetiu Cora, sem se abalar com o veneno na palavra "gorda". No fundo, era familiar demais para magoar de verdade. Ela já tinha ouvido esse tipo de ódio, sempre de mulheres dos seus grupos de Vigilantes do Peso ou dos Comedores Compulsivos Anônimos, aquelas que passavam fome para emagrecer e, de algum jeito, não conseguiam encontrar a terra prometida da aceitação feliz que sempre ouviram dizer que esperava por elas do outro lado da balança.

— Uma de quem? — perguntou a Rainha, com veneno em cada palavra, uma fatia peçonhenta de fudge esperando para ser enfiada dentro da boca de Cora.

— Você encontrou uma porta. Você não é *daqui*, assim como Sumi. — Cora olhou de relance para Kade em busca de confirmação e sentiu uma validação quente encher o peito quando ele assentiu, confirmando levemente que as suspeitas dele eram as mesmas. Ela olhou de volta para a Rainha. — Você era confeiteira? Sumi não era confeiteira. Ela era...

— Violinista — completou Kade. — Ela não queria assar bolos. Só queria fazer alguma coisa útil com as mãos. Ela precisava do Absurdo, e acho que o Absurdo precisava dela, já que você estava tentando fazê-lo seguir regras que ele não queria.

A Rainha dos Bolos franziu os lábios.

— Você deve ser do mundo de Sumi — disse ela de um jeito formal. — Você é tão atrevida quanto ela era. Ela agora está calada. Como foi que vocês a deixaram assim?

— Bem, ela morreu, e isso foi uma grande parte — disse Kade.

— As pessoas mortas normalmente ficam nos túmulos, longe de todos nós. Mas isso... — A Rainha abriu um sorriso. — Vocês me deram um belo presente. Ninguém jamais vai me confrontar outra vez quando vir que minha grande inimiga foi reduzida a uma sombra sobre seu esqueleto. Como foi que vocês conseguiram? Deixo todos vocês irem para casa se me contarem.

Seria mentira dizer que a oferta não era, de certa maneira, tentadora. Todos tinham sido chamados para salvar um mundo e salvar a si mesmos no processo, mas não *este* mundo. Nem mesmo Rini tinha sido chamada para salvar *este* mundo. Ela estava tentando salvar a mãe, algo muito diferente, apesar de ainda muito admirável. Eles poderiam voltar para a escola e esperar as suas portas se abrirem, esperar a chance de voltar para os mundos onde as coisas faziam sentido, deixando este lugar e seu absurdo para trás. Esta não era a luta deles.

Mas Sumi era um esqueleto silencioso, envolta em sombras e arco-íris, e Rini estava desaparecendo um centímetro de cada vez, esvaindo-se de acordo com as regras da sua realidade. Se fossem embora agora, não conseguiriam salvar Rini. Só poderiam deixá-la para se desfazer, pedaço a pedaço, até não sobrar nada além de uma lembrança.

(Será que isso perduraria? Se ela nunca tivesse nascido, se nunca tivesse existido, será que se lembrariam dela depois que desaparecesse? Ou toda essa aventura alucinada seria apagada, arquivada nas coisas que nunca aconteceram de verdade fora de um sonho? O que achariam que aconteceu com Nadya, se Rini desaparecesse completamente? Será que pensariam que ela havia encontrado a própria porta, voltado para casa, mais uma história de sucesso para os outros alunos sussurrarem depois do toque de recolher, na esperança de que as próprias portas se abrissem, agora que a de outra pessoa tinha aberto? De algum jeito, essa parecia a pior possibilidade de todas. Nadya devia ser lembrada pelo que fizera para ajudar a eles, não pelo que as pessoas inventavam para preencher o espaço onde ela não estava mais.)

— Não, obrigada — disse Cora de um jeito formal, falando pelos três: por ela, por Kade, parado de um jeito vigoroso e firme, e por Christopher, tremendo e pálido.

Ele não parecia estar bem. Até Rini parecia melhor, e ela estava sendo apagada da existência.

— Achei que vocês não iam aceitar, mas eu tinha de oferecer — disse a Rainha, recostando-se no trono. Um pedaço do seu vestido caiu e cambaleou para o chão, onde um rato de doce amanteigado com bigodes de algodão-doce o pegou e saiu correndo. — Pergunto mais uma vez: como é que minha velha inimiga está aqui? O que está morto está morto. Nenhum deles disse uma palavra. A Rainha suspirou.

— Criancinhas teimosas descobrem que posso ser uma mulher muito cruel quando quero. Teve alguma coisa a ver com isto? — Ela estendeu a mão para trás, pegando a flauta de osso de Christopher. — É um instrumento esquisito. Eu sopro e sopro, mas não faz nenhum som.

O efeito sobre Christopher foi elétrico. De repente ele se endireitou, vibrando, a cor voltando aos poucos ao seu rosto, até as bochechas ficarem ardendo como se estivesse com febre.

— Me dá — disse ele, e sua voz era um sussurro doloroso que, de algum jeito, se projetava.

— Ah, é sua? — perguntou a Rainha. — A cor é engraçada. Ela é feita de quê?

— Osso. — Ele deu um passo trôpego para a frente, os joelhos batendo. — Meu osso. É *minha*, é feita de parte de *mim*, me *devolva*.

— Osso? — A Rainha olhou de novo para a flauta, desta vez com uma repulsa fascinada. — Mentiroso. De jeito nenhum você poderia perder um osso desse tamanho e ainda estar inteiro.

— A Menina Esqueleto me deu outro osso para substituí-lo, ele é meu, você tem de devolver, você tem de *devolver*.

— A voz de Christopher se transformou em um uivo nas palavras finais, e ele saiu correndo, a corda ainda pendurada no pescoço, lançando-se em cima da Rainha dos Bolos.

Suas mãos estavam a poucos centímetros da garganta dela quando um dos cavaleiros puxou a ponta da corda, fazendo-o recuar de repente. Christopher caiu no chão, formando uma pilha, e começou a soluçar.

— Fascinante — sussurrou a Rainha. — Vocês devem vir de mundos terríveis para pensar que esse tipo de coisa é normal ou deveria ter permissão para continuar. Não se preocupem, crianças. Vocês agora estão em Confeitaria. Vão ficar seguros e felizes aqui e, assim que aquilo — apontou para Rini — acabar de desaparecer, vão poder ficar para sempre.

Ela estalou os dedos.

— Guardas — disse com doçura. — Encontrem algum lugar agradável para eles ficarem, onde eu não tenha de ouvi-los gritando. E deixem o esqueleto aqui. Quero brincar com ele.

A Rainha dos Bolos se recostou no trono e sorriu enquanto seus inimigos mais recentes eram arrastados para longe. Que dia adorável este estava se tornando.

8

A TORRE MAIS ALTA

"**U**m lugar agradável", no castelo da Rainha dos Bolos, era um salão grande e vazio com paredes de biscoito de gengibre e pilhas de ursinhos de goma no chão, provavelmente para servir de cama para os prisioneiros. Não houve nenhum esforço para acorrentar os quatro ou para separá-los; os guardas simplesmente os arrastaram escada acima até chegarem ao topo do que parecia a torre mais alta do mundo. A única janela era quase alta demais para Cora alcançar, e olhar sua vista revelou uma pedreira rochosa de chocolate, salpicada com as pontas irregulares de amêndoas gigantescas. Ah, sim. Estavam presos. A menos que conseguissem abrir a porta, não iriam a *lugar nenhum*.

Rini estava largada encostada na parede, os olhos fechados, a curva de um ombro desaparecida para o nada absorvente que a estava roubando um fragmento de cada vez. O preocupante é que ela não era quem estava na pior condição. A honra duvidosa pertencia a Christopher, que estava encolhido, formando uma bola perto da porta, tremendo descontrolado.

— Ele precisa da flauta — disse Kade, colocando o dorso de uma das mãos na testa de Christopher e franzindo a testa.

— Ele está congelando.

— Ela realmente é feita de um osso dele? — Cora voltou a pisar com os pés todos no chão e se virou para encarar os dois.

Kade assentiu de um jeito sombrio.

— Era parte de salvar Mariposa, para ele. Ele me disse isso quando eu estava atualizando o registro do mundo.

Além de suas funções como alfaiate da escola, Kade era historiador e cartógrafo amador, registrando as histórias de todas as crianças que passavam pela escola. Ele dizia que era porque estava tentando mapear com precisão a Bússola que definia o Absurdo e a Lógica, a Virtude e a Malícia, todas as outras direções cardeais dos mundos do outro lado das portas. Cora achava que isso provavelmente era verdade, mas também achava que ele gostava de ter uma desculpa para conversar com as pessoas sobre suas diferenças compartilhadas, que se tornavam suas semelhanças compartilhadas, quando vistas sob a luz correta. Todos tinham sobrevivido a alguma coisa. O fato de terem sobrevivido a coisas diferentes não mudava o fato de que sempre seriam, de certa maneira, iguais.

— Ele pode ser recolocado?

Christopher balançou a cabeça e murmurou com fraqueza:

— Eu não ia querer isso. Tinha alguma coisa errada lá dentro. Uma coisa sombria. Os médicos disseram que era um tumor. Mas a Menina Esqueleto o tirou com a flauta e me libertou. Eu devo... tudo a ela.

— Mas...

— Ele ainda é *meu*. — Havia uma centelha de agressividade na voz de Christopher, que desapareceu em um instante, como se nunca tivesse existido.

Kade suspirou, dando um tapinha no ombro de Christopher antes de se levantar e ir para perto de Cora na janela. Ele baixou a voz para um murmúrio e disse:

— Isso não acontece tanto quanto antes, acho que o universo descobriu que era uma jogada babaca, mas já aconteceu. Crianças que passaram pelas portas e voltaram com um ou outro item mágico que ainda funcionava no nosso mundo, onde, no fundo, não deveria haver muita magia.

— E daí?

— E daí que, se você quiser magia no *nosso* mundo, precisa pagar por isso com uma parte sua, de algum jeito. Na maior parte do tempo, o item mágico ficava amarrado à pessoa por sangue ou lágrimas ou alguma coisa que saía do corpo dela. Ou, neste caso, um maldito osso. A magia que dá poderes à flauta é Christopher. Se ele não a conseguir de volta...

Cora virou-se para ele e ficou boquiaberta, horrorizada.

— Você está dizendo que ele vai morrer?

— Talvez não morrer. Ele nunca ficou separado dela por mais do que alguns minutos. Talvez simplesmente fique muito doente. Ou talvez o câncer volte. Eu não *sei*. — Kade parecia frustrado. — Entrevisto todos os novatos, escrevo tudo, porque existem tantas portas e tão poucas variações sobre o tema, e nós não *sabemos*. Ele pode morrer se não conseguirmos recuperar a flauta. Não seria o primeiro.

As histórias dessas crianças também foram escritas por Eleanor antes dele ou pelos raros pesquisadores da viagem e da consequência, do espaço atrás das portas. Eles escreviam sobre garotas que ficavam arrasadas quando eram separadas de seus sapatos mágicos ou de suas bolas douradas, sobre garotos que queimavam vivos quando os pais tiravam seus sinos prateados refrescantes, sobre crianças que tinham sido encontradas no fundo do jardim, magicamente curadas de uma doença incurável, só para a doença voltar correndo dez anos depois, quando um irmão ou um de seus filhos quebrava uma pequena estátua de cristal na qual tinha recebido instrução para não encostar.

A viagem *mudava* as pessoas. Nem todas as mudanças eram visíveis, ou mesmo lógicas pelas regras de um mundo onde acima era sempre acima e abaixo era sempre abaixo, e esqueletos ficavam no solo em vez de se levantar e sair dançando, mas isso não fazia as mudanças sumirem. Elas existiam, desejadas ou não.

Cora, cujo cabelo crescia naturalmente em azul e verde por todo o corpo, olhou de maneira desconfortável por sobre o ombro para Christopher, que estava encolhido em uma pilha de ursinhos de goma, tremendo.

— Precisamos recuperar a flauta dele — disse ela.

— Como você sugere que a gente faça isso? — perguntou Rini. Sua voz estava monótona, enfadonha, privada de brilho e de capricho. Ela havia desistido. A resignação era visível em cada centímetro restante, encurvada e estilhaçada do jeito que estava. — A Rainha dos Bolos tem um exército. Nós... não temos nada. Não temos nada, e ela tem a gente, está com a minha mãe e está tudo acabado. Nós perdemos. Eu vou desnascer, depois não terei mais que me preocupar com isso. Espero que vocês consigam escapar. Se conseguirem, vão até o campo de milho doce. Os fazendeiros de lá vão ajudar vocês a se esconder da Rainha. Ela os odeia, e eles a odeiam, mas a plantação de milho doce não é como as outras. Ela não queima. Por isso, ela os deixa em paz o máximo que pode e vocês vão ficar bem.

Rini fez uma pausa tão longa que Cora achou que ela havia parado de falar. E aí, em um tom sussurrado, disse:

— Sinto muito. Eu não devia ter trazido vocês aqui. Isso tudo é culpa minha.

— Isso é culpa da pessoa que matou a sua mãe e da Rainha dos Bolos *idiota* por ficar "ai, olha para mim, eu posso ser a déspota de um mundo mágico de doces, não sou o máximo?" — Cora chutou a parede, frustrada. O biscoito de gengibre foi amassado para dentro. Não o suficiente para lhe oferecer um caminho para a liberdade; e, mesmo que fosse, o caminho para a liberdade teria envolvido uma queda muito, muito longa. — Nós concordamos em vir porque queríamos ajudar. Vamos ajudar.

— Como? — perguntou Rini. — Christopher está doente demais para se levantar e ele é o único de vocês que foi útil.

Cora abriu a boca para protestar, parou e a fechou com um ruído. Virou-se para Kade.

— Você — disse ela. — Você é alfaiate e escreve coisas, mas o que você fazia quando atravessou a sua porta? O que estava do outro lado?

Kade hesitou. Depois, suspirou, olhou pela janela e disse:

— Cada mundo tem o próprio conjunto de critérios. Alguns são mais... meticulosos... que outros. Prisma é considerado uma Terra das Fadas. Tecnicamente, é um Mercado de Goblins, o que significa que eles podem controlar onde as portas se manifestam. Cada mundo escolhe as crianças que vão visitá-lo, mas o Prisma faz uma *curadoria* delas. Prisma as observa antes de buscá-las, porque normalmente fica com elas. É um dos mundos dos quais mais sabíamos, por causa do buraco que fez na bússola, antes de eu ir até lá e ser expulso.

Cora não disse nada. Falar teria quebrado o encanto, teria lembrado a Kade que ele estava falando para um público. Ele poderia ter parado ali. Ela não queria isso.

— No Prisma, a Corte das Fadas estava em uma guerra contra o Império dos Goblins havia milhares de anos. Eles poderiam ter ganhado cem vezes. Os goblins também. Não venceram porque a guerra é tudo que conhecem, atualmente. Eles têm tantos rituais, cerimônias e tradições relacionadas à luta que, se você tirasse a guerra, ficariam perdidos. Eu não sabia disso, claro. Só sabia que eu teria uma aventura. Que eu seria um herói, um salvador, e faria alguma coisa que importava, para variar.

O rosto de Kade ficou sombrio.

— A Corte das Fadas sempre sequestrava menininhas. As menininhas mais bonitas que conseguiam encontrar, aquelas com fita no cabelo e renda no vestido. Gostavam do contraste que nós fazíamos contra os exércitos dos goblins.

Cora deu um pulo ao ouvir a palavra "nós".

— O quê...

— Ah, por favor. — Kade lhe lançou um olhar de esguelha meio divertido. — Você disse que Nadya era sua melhor amiga. Não tem como ela não ter contado isso para você.

— Eu... mas, sim, mas... Eu... — Cora parou. — Não tenho vocabulário para isso.

— A maioria das pessoas não tem até precisar e aí precisam de tudo ao mesmo tempo — disse Kade. — Meus pais achavam que eu era uma menina. As pessoas no Prisma responsáveis por escolher a próxima salvadora descartável acharam que eu era uma menina. Caramba, até *eu* achava que era uma menina, porque nunca tive tempo de parar e pensar no motivo para não ser. Levei anos para descobrir, ao salvar um mundo que deixou de me querer quando mudei de pronome.

— Mas você salvou o mundo — argumentou Cora.

Kade assentiu.

— Salvei. O Rei Goblin me tornou seu herdeiro quando o matei. Ele me chamava de Futuro Príncipe Goblin, e foi aí que percebi há quanto tempo eu estava esperando para alguém me *ver*, para realmente entender quem eu era, sob os cachos e a purpurina e as coisas que eu não queria, mas não podia recusar.

— Então você sabe usar uma espada — disse Cora.

— Sei. — Kade fez uma pausa, olhando preocupado para ela. — Por quê?

Cora sorriu.

O primeiro passo era mover Christopher para o centro do salão, onde ficaria facilmente visível da porta. Arrumar alguma coisa pesada era o segundo. No fim, Cora tinha lambido os dedos e passado várias vezes na cobertura dura entre os tijolos assados da parede, provocando uma erosão até conseguir socar um dos tijolos e arrancá-lo. Depois disso, foi fácil soltar mais um, mesmo com as pontas irregulares.

Agora, ela havia corrido até a porta e batia os punhos, gritando:

— Ei! Ei! Precisamos da flauta do Christopher! Ei! Precisamos de *ajuda!*

Ela continuou batendo, continuou gritando, até as mãos doerem e a garganta arder. A porta podia ser feita de bolinho endurecido, mas a palavra-chave era "endurecido": era suficiente para machucá-la. Mesmo assim, continuou. O plano só funcionaria se continuasse.

Em certo momento, como tinha esperança que acontecesse, passos ecoaram escada acima lá fora, e uma voz gritou:

— Você! Pare com isso! Fique quieta!

Cora era muito boa em ignorar pessoas que lhe mandavam fazer tolices. Continuou batendo na porta e gritando.

A porta se abriu de repente, sem aviso, atingindo-a no nariz e empurrando-a vários centímetros para trás no salão da torre. Não tinha problema. Doeu, porém, ela havia previsto um pouco de dor e era atleta. Estava acostumada a amassar o nariz na lateral da piscina, a ralar os joelhos e arranhar os dedos. Levantou-se, tentando parecer acovardada, mas não horrorizada demais.

— Precisamos da flauta do Christopher — choramingou. — Ele está morrendo. Olhe. — Apontou para Christopher, que estava fazendo seu papel na pequena peça de teatro com uma facilidade agonizante. Tudo que tinha a fazer era ficar deitado ali e parecer arrasado. Ele estava fazendo as duas coisas, e eles nem precisaram pedir.

O guarda na porta franziu a testa de um jeito sombrio e deu um passo para dentro do salão, passando pela porta. Cora se moveu rapidamente, atingindo sua lateral e o afastando da porta. Kade, que estava escondido pelo ângulo da porta aberta, deu um passo à frente e bateu com a pedra comestível com toda a força possível na parte de trás da cabeça do guarda. O homem fez um barulho de vômito e caiu.

Rini, que estava encolhida na parede, de repente apareceu ali, de pé para dar um chute forte na garganta do guarda caído. Ele fez outro barulho de vômito, mas não levantou as mãos para se proteger.

— Vocês deviam ir — disse ela, com os olhos na forma imóvel do homem. — Posso ficar de olho nele enquanto vocês vão.

— O que você quer dizer com "ficar de olho nele"?

Rini levantou a cabeça, as íris de milho doce parecendo ainda mais claras e mais impossíveis do que na escola.

— Ele não quer estar aqui — disse ela. — O mundo está se reordenando, de modo que a Rainha dos Bolos sempre existiu, e minha família nunca existiu. Mas não deveria existir uma Rainha dos Bolos, o que significa que ele deveria estar em outro lugar, e não aqui. Vou amarrá-lo e depois vou descobrir se sabe onde deveria ter estado esse tempo todo. Mas vocês deviam pegar a armadura dele antes.

Kade assentiu de um jeito duvidoso e começou a tirar a armadura do homem. Era de papel laminado sobre chocolate: devia ter derretido com o calor da pele do guarda, no mínimo, mas ainda estava fresca e sólida. Cora franziu o nariz. Algumas coisas pareciam um uso impróprio da magia e essa era uma delas.

Christopher não tinha se mexido durante a comoção. Ela se virou e se ajoelhou ao lado dele, verificando a pulsação no pescoço. Estava ali. Ele ainda não tinha morrido. Podia estar morrendo, mas não tinha morrido.

— Vamos pegar sua flauta — disse ela baixinho. — Vai ficar tudo bem. Você vai ver. Fica firme. Esse seria um jeito *idiota* de morrer.

Christopher não disse nada.

Quando ela se levantou, Kade estava usando a armadura de papel laminado e analisava a espada do guarda.

— O peso é diferente do que estou acostumado — disse ele. — Acho que é caramelo sob o chocolate. Mas tem uma ponta. Vou dar um jeito de fazer funcionar.

— Ótimo — disse Cora. — Vamos salvar o dia.

9
DANÇANDO COM A RAINHA DOS BOLOS

Kade conduziu Cora para dentro do salão do trono, com uma das mãos segurando seu ombro com tanta força que quase doía e com a espada roubada embainhada no quadril. A Rainha dos Bolos, sentada em seu trono com o queixo apoiado na mão, endireitou-se no assento, parecendo dividida entre a irritação com a invasão e o alívio por ter alguma coisa para irritá-la.

— O que *você* está fazendo aqui? — Exigiu saber. — Não pedi para nenhum prisioneiro vir até mim.

Sumi estava amarrada à base do trono, com uma corda de bala de alcaçuz trançada ao redor da garganta de esqueleto, e essa visão foi suficiente para enrijecer a coluna de Cora. Eles não podiam se dar ao luxo de errar. Se errassem, esta se tornaria a realidade de Confeitaria: uma mulher que achava que torturar os mortos era adequado e justo.

— Eu pedi para vir — disse Cora rapidamente, antes que Kade tivesse a oportunidade de falar. — Eu queria...

Eu queria falar com você. — Pensou em Rini em pé nua na lagoa de tartarugas, dizendo orgulhosamente a Nadya que sua vagina era bonita, e sentiu o calor vermelho subir pelo rosto. Sentir vergonha com facilidade podia ser uma arma, se ela estivesse disposta a usá-la. — Achei que talvez você pudesse... Achei que poderíamos ter alguma coisa em comum.

A Rainha dos Bolos passou os olhos subindo por um lado de Cora e descendo pelo outro. Cora, que tinha aturado muitas inspeções desse tipo ao longo dos anos, obrigou-se a ficar perfeitamente imóvel, sem se encolher. Ela sabia o que a rainha estava vendo. Queixo duplo e cintura larga e coxas apertadas no tecido da calça jeans, desgastando-as um pouco mais a cada dia. Também sabia o que a rainha *não estava* vendo. A rainha não estava vendo a atleta, nem a pesquisadora, nem a amiga, nem a heroína das Trincheiras. Tudo que ela estava vendo era uma gordura gorda e gordurosa, porque isso era tudo que as pessoas viam quando olhavam desse jeito para ela. Era tudo que procuravam.

A Rainha dos Bolos suspirou, o rosto ficando mais doce.

— Ah, pobre criança — disse ela. — Este lugar deve ser muito cruel para você. A tentação... a menos que tenha sido isso o que a atraiu para Confeitaria. Você está pensando em comer até morrer nas colinas e deixar seu corpo onde ninguém jamais o encontrará?

— Não — respondeu Cora. — Eu não fui atraída para Confeitaria. Vim ajudar Rini a recuperar sua mãe. Eu não tinha entendido o que Sumi fizera com este lugar. Nós estávamos errados.

A Rainha dos Bolos semicerrou os olhos.

— Continue — disse ela.

— Este não era o mundo de Sumi, e isso significa que também não é o de Rini, na verdade. Elas são... Não sei.

Ilógicas demais para cuidar de um lugar como este. Um lugar como este precisa de uma mão firme. Alguém que entenda a força de vontade e a disciplina. — Ela precisava tomar cuidado para não revelar as coisas de um jeito pesado demais. Exagerar levaria a suspeita, e a suspeita estragaria tudo.

A Rainha dos Bolos começou a sorrir e assentir.

— Exatamente — disse ela. — Este lugar estava uma bagunça quando encontrei a minha porta.

— Acredito — mentiu Cora, lutando contra a vontade de lembrar à Rainha que ela já havia tentado ter essa conversa. Quando as pessoas queriam pensar que sabiam mais do que ela, Cora descobrira que geralmente era melhor deixá-las pensarem que sim. — Você parece perfeita para o que é. Este mundo deve ter precisado demais de você.

— Precisou mesmo — disse a Rainha. Recostou-se no trono. Um pedaço do seu vestido caiu e cambaleou para o chão. — Ele me chamou para cá para assar cookies. Cookies! Quem quer colocar mais cookies no mundo? Ninguém precisa desse tipo de extravagância repulsiva. Ele queria me deixar gorda e preguiçosa e horrível, como todas as pessoas que vieram antes de mim. Bem, o que *eu* queria era maior e melhor e eu venci, certo? Eu venci. O que *você* quer, pequena renegada?

— Quero aprender a ser... — Cora olhou para a cintura fina da Rainha, coberta de bolo, e engoliu a bile com a hipocrisia do que estava prestes a dizer. *Por Christopher,* pensou, antes de completar: — Quero ser como você.

— Tragam-na para perto — disse a Rainha. — Quero ver os olhos dela.

Kade obedeceu e conduziu Cora pelo salão. Havia dois guardas, um de cada lado do trono, nenhum perto o suficiente para interferir se as coisas dessem errado. Isso era bom.

Os dois tinham lanças, além de espadas. Isso era ruim. Cora respirou fundo e manteve os olhos na Rainha dos Bolos, tentando se concentrar em como tudo isso era necessário.

Quando as duas estavam próximas o suficiente, a Rainha se inclinou para a frente, segurando o queixo de Cora com dedos ossudos e inclinando sua cabeça primeiro para um lado, depois para o outro.

— Você poderia ser bonita, sabe — disse ela. — Se aprendesse a controlar o apetite, se entendesse como é importante cuidar de si mesma, você poderia ser bonita. Nunca vi um cabelo como o seu. É, você poderia ser uma beleza estonteante. Ficar aqui vai lhe ajudar. O melhor caminho para se tornar forte é se cercar das coisas que você nunca pode ter. A negação diária faz você se lembrar do motivo do seu sofrimento.

Cora não disse nada. Estava acostumada a ver as pessoas supondo que seu tamanho era um resultado de sua dieta, quando, na verdade, era mais relacionado ao seu metabolismo e aos seus genes – e ela não podia controlar nenhum dos dois.

A Rainha abriu um sorriso.

— É — disse ela, soltando o queixo de Cora e se sentando-se de novo no trono. — Acho que vou ficar com você.

— Obrigada — disse Cora de um jeito dócil e deu um passo para trás, colocando-se atrás de Kade. — Você realmente é uma monarca para ser imitada... e derrotada. Agora!

Kade fora treinado como herói e guerreiro, e ganhara o título de Futuro Príncipe Goblin com seu ótimo braço direito. Sua espada foi desembainhada antes de Cora terminar de falar, a ponta se apoiando no côncavo da garganta da Rainha, pressionando apenas o suficiente para afundar a superfície da sua pele.

— Não se mexa — disse ele bem devagar, por trás do escudo seguro do seu capacete. — Quer me dar aquela flauta que você pegou do nosso amigo? Ele está com muita saudade dela. Cora?

— Aqui. — Ela deu um passo à frente, estendendo a mão. A Rainha dos Bolos fez uma careta antes de enfiar de mau humor a mão dentro do vestido e bater com a flauta, agora suja de cobertura, na palma da mão de Cora, que saltou para trás antes que a Rainha conseguisse fazer mais alguma coisa.

— Vocês vão me pagar por isso — disse a Rainha, em um tom quase coloquial. — Vou comer seus ossos como biscoitos de gengibre e colocar suas carnes doces na minha mesa de jantar.

— Talvez sim — disse Kade. — Talvez não. Nenhum dos seus guardas parece estar vindo para salvá-la. Isso me diz muito sobre o tipo de lugar que você tem aqui. — Era verdade: os guardas estavam parados, congelados em seus postos, parecendo incapazes de decidir o que fazer em seguida.

Cora foi até onde Sumi estava amarrada, deixando Kade com a Rainha. Sumi virou a cabeça para olhar para Cora, os olhos espectrais sobre os ossos reluzentes, e Cora conteve um tremor. Esse não era o tipo de coisa para a qual ela estava preparada.

— Espere um instante — disse para Sumi e seguiu em frente, parando ao chegar perto do primeiro guarda. — Por que você não está tentando defender sua chefe?

— Não sei — respondeu o guarda. — Eu não... Nada disso parece certo. Nada disso parece real. Acho que eu não deveria estar aqui.

Provavelmente porque não deveria estar. Ele deveria estar cuidando da própria fazenda de milho doce ou pescando um peixe impossível nas ondas do Mar de Morango. A Rainha dos Bolos era uma mulher morta tanto quanto Sumi, mas, diferentemente de Sumi, estava vestida com pele e voz, ainda falando, ainda se movendo pelo mundo. Isso tinha de distorcer as coisas. Para ter um castelo, ela precisava de cortesãos, guardas e pessoas para fazer a limpeza.

— Existem pessoas mortas demais aqui — murmurou Cora. Com uma voz mais alta, ela disse: — Vá embora, então. Se não está disposto a defendê-la, você não precisa ser nosso inimigo, portanto pode ir embora. Saia e deixe que a gente conserte o mundo.

— Mas a Rainha...

— Realmente não vai ser seu problema principal se você não sair daqui. — Cora mostrou os dentes no que poderia ter sido um sorriso ou um rosnado. — Confie em mim. Ela não vai estar em posição de punir ninguém.

O guarda olhou indeciso para ela. Em seguida, soltou a lança, virou-se e correu para a porta. Estava quase lá quando o outro guarda o seguiu, deixando os quatro – dois entre os vivos, dois mais do que metade entre os mortos – sozinhos.

Cora se virou e voltou até Sumi, que ainda estava esperando com absoluta paciência. Ela enfiou os dedos na corda de bala de alcaçuz trançada, sentindo-a esmagar e rasgar sob as unhas, até ceder completamente, dividindo-a em duas e libertando Sumi.

Sumi não pareceu perceber que estava livre. Continuou parada onde estava, sombra sobre osso, olhando para a frente, como se nada do que estava acontecendo ao seu redor importasse de verdade ou jamais fosse importar. Cora franziu o nariz antes de pegar a mão de Sumi, entrelaçar os dedos com força nos ossos nus da mulher esqueleto e conduzi-la delicadamente até onde Kade estava segurando a Rainha.

— Aqueles traidores vão assar pelo que fizeram comigo — rosnou a Rainha dos Bolos.

Kade inclinou a cabeça.

— Isso é quase uma charada. Você vai assá-los ou vai condená-los a um tempo adequado na sua fábrica de cookies? Não que isso importe de verdade, já que você não vai dar nenhuma ordem por um tempo. — Ele se inclinou para a frente e a segurou pelo braço. — Vem comigo.

Pela primeira vez, a Rainha pareceu sentir medo.

— Aonde... aonde você está me levando?

— Para o local onde você deveria estar — disse Kade. Ele a conduziu pelo salão do trono até a porta, espalhando pedaços do seu vestido a cada passo, e Cora os seguiu, com Sumi andando em silêncio ao seu lado, os pés ossudos batendo no chão.

Christopher ainda estava respirando quando eles chegaram ao salão da torre e Rini tinha amarrado o guarda prisioneiro com tanta força que ele era mais um casulo do que um prisioneiro, apoiado no canto mais distante e soltando rosnados abafados na perna machucada de ursinho de goma que ela enfiara em sua boca. Ela levantou a cabeça quando a porta abriu, os olhos se arregalando de alívio. Bem, um olho. O olho esquerdo tinha desaparecido, substituído por um remendo de nada que, de algum jeito, não revelava o interior do seu crânio nem a parede atrás dela. Simplesmente tinha desaparecido, uma ausência mascarada como um abscesso no mundo.

— Vocês... — Ela se interrompeu quando Sumi entrou no salão atrás de Cora. — Mãe.

— Ela ainda está morta — cuspiu a Rainha dos Bolos, debatendo-se contra a corda de caramelo que Kade tinha enrolado em seus pulsos. — Nada que você faça vai mudar isso. — Não sei — disse Kade. — Matá-la mais cedo parece ter trazido você de volta. Parece que causa e efeito não são tão rígidos por aqui.

Ele empurrou a Rainha dos Bolos para a frente, até ela cambalear e cair em uma pilha com cobertura e cheia de migalhas.

— Amarre a Rainha — disse para Rini, segurando a espada roubada diante de si para evitar qualquer tentativa de fuga.

Cora o contornou, indo em direção a Christopher, que parecia tão pequeno e tão frágil. O sangue parecia ter sido sugado do seu rosto e das suas mãos, deixando sua pele naturalmente marrom surpreendentemente pálida, como pergaminho arranhado esticado sobre um balde de soro de leite. Ela se ajoelhou, com cuidado para não dar um solavanco nele, e levantou sua mão de estrela-do-mar morta do chão.

— Acho que isto é seu — disse e colocou a flauta de osso na mão dele.

Christopher abriu os olhos, respirando fundo, como se fosse a primeira inspiração de verdade que conseguia nas últimas horas. A cor voltou à sua pele, não toda de uma vez, mas espalhando-se a partir da mão, correndo braço acima até desaparecer sob a manga, reaparecendo enquanto subia pelo pescoço e cobria o rosto. Ele se sentou.

— Só me fode, viu? — ele disse.

— O quê, aqui? Agora? Na frente do Kade? — Cora fingiu ao máximo uma expressão afetada e sorridente. — Não sou esse tipo de garota.

Christopher pareceu surpreso por um instante. Depois riu e se levantou, oferecendo a mão esquerda a ela. Provavelmente era a única mão que ele teria livre por um tempo. Os dedos da mão direita estavam tão apertados ao redor da flauta de osso que ficaram pálidos de novo, desta vez pela pressão.

— Obrigado — disse ele, com toda a sinceridade que tinha. — Acho que eu não tinha muito tempo.

— Tudo faz parte da missão — disse Cora.

— Chris? Você está bem? — gritou Kade. Ele pressionou a ponta da espada um pouco mais no côncavo da garganta da Rainha, fazendo um furo na pele. — Se você disser a palavra, ela morre.

A Rainha não disse nada, congelada de pavor enquanto Rini enrolava mais e mais caramelo e ursinho de goma ao redor dela. Parecia que tudo isso de repente tinha se tornado genuína e assustadoramente real, como se antes fosse tudo um jogo para ela.

E talvez tenha sido, antes. Talvez ela tivesse cambaleado pela sua porta para um mundo cheio de pessoas que plantavam milho doce no solo de chocolate e biscoitos e achado que nenhuma dessas pessoas era real; como se nenhuma delas realmente importasse. Talvez ela tivesse brincado de se tornar uma déspota em vez de confeiteira porque não tinha acreditado que haveria consequências. Não até outra viajante aparecer, uma guerreira em vez de artista, porque Confeitaria não precisava de outra confeiteira, não com a última sentada em um trono e exigindo tributos. Não até sua morte pelas mãos de Sumi... mas até isso tinha sido revertido, perdoado pelo mundo quando Sumi morreu antes de poder retornar e começar uma revolução de verdade.

Até este momento, mesmo morrendo e escapando da morte, a Rainha dos Bolos não tinha acreditado de verdade que podia morrer.

— Eu diria alguma coisa sobre ser uma pessoa melhor, mas, porra, cara, não sei — disse Christopher. Ele se espreguiçou antes de cair para a frente e rosnar. — Eu me sinto como se tivesse sido arrastado atrás de um caminhão pelos últimos quilômetros. Isso é terrível. Não vamos nunca mais voltar aqui.

— Combinado — disse Cora.

Christopher olhou para Kade e a Rainha dos Bolos e o salão ficou lentamente imóvel. Ele deu um passo para a frente.

— Nunca me ofereceram uma porta para este lugar — disse ele. — Não sou confeiteiro e não teria gostado daqui. Doce demais para mim. Luz demais, criptas de menos. Eu gosto de açúcar no formato de crânio e que a minha iluminação venha de lampiões pendurados nos galhos de árvores desfolhadas. Este lugar não é meu. Mas o lugar aonde eu *fui*, o lugar que *é* meu, ele meio que zoou as minhas ideias sobre vida e morte. Ele me fez ver que os limites não são tão claros quanto os vivos sempre dão a entender. Os limites são *tênues*. E você, minha senhora? Não quero que você morra, porque nunca mais quero vê-la.

Ele desviou o olhar da trêmula Rainha dos Bolos, concentrando-se em Kade.

— Vamos sair desse inferno — disse ele, virando-se e saindo do salão.

Quando os outros o seguiram, deixaram a Rainha dos Bolos e o guarda prisioneiro amarrados e amordaçados, para serem encontrados ou esquecidos de acordo com os caprichos do destino. Se a Rainha tivesse dado ordem para seus prisioneiros serem alimentados, ela poderia ser resgatada.

Ou não. Qualquer que fosse o resultado, não importava mais para o restante. Eles iam seguir em frente.

10

A FAZENDA DE MILHO DOCE

— Estar morta por um tempo realmente bagunça a sua equipe — disse Cora quando eles saíram pela porta da cozinha do castelo e chegaram aos amplos gramados de cobertura verde. Nenhum fazendeiro trabalhava ali, embora houvesse alguns carneiros de fio de açúcar mordiscando o solo. — Achei que seríamos pegos *pelo menos* duas vezes.

— Uma vez foi suficiente para mim — disse Kade de um jeito sombrio. Ele havia tirado a armadura roubada, mas ainda carregava a espada roubada. Havia sangue na ponta de bala dura, comemorando aquele breve encontro, aquele corte concreto.

Cora virou o rosto para o outro lado. Nunca tinha visto alguém morrer daquele jeito. Por afogamentos, claro. Ela conhecia intimamente os afogamentos. Tinha puxado alguns navegantes para a morte com as duas mãos, quando não havia outro jeito de encerrar um conflito, quando as ondas e a espuma sussurrante eram a única resposta. Ela era *boa* em afogamentos. Mas isso...

Tinha sido um ataque, com a carne se abrindo como a casca de uma laranja e o sangue jorrando, o sangue espalhado por toda parte, quente, vermelho e essencialmente animal de um jeito que parecia totalmente em desacordo com o mundo maravilhoso ao redor deles. As pessoas que moravam aqui deviam sangrar melado, melaço ou xarope, não uma umidade animal vermelha e quente, tão vital, tão impensável, tão, bem, *pegajosa*. Cora só tinha encostado na ponta de uma prateleira manchada com a coisa e mesmo assim se sentia como se nunca mais fosse conseguir se limpar.

— Quanto falta para a sua fazenda? — perguntou Christopher, olhando para Rini. Ele agora estava segurando a flauta com as duas mãos, traçando arpejos silenciosos ao longo dela. Cora suspeitava que ele nunca mais ia largá-la.

— Pouco — respondeu Rini. — Normalmente leva a maior parte de um dia para chegar às ruínas do castelo, para minha mãe me mostrar como ele fica quando o pôr do sol o atinge, e ela me conta histórias de fantasma até as arraias lunares saírem e nos espantarem. Mas nunca demora mais do que uma ou duas horas para voltar para a fronteira dos campos. Não há muita coisa interessante na volta para casa, a menos que haja um ataque de assaltantes ou algo assim, e isso quase nunca acontece.

— Os mundos Absurdos às vezes são meio perturbadores — disse Christopher.

Rini ficou radiante.

— Ah, muito obrigada.

O esqueleto vestido de arco-íris de Sumi ainda estava se arrastando fielmente atrás deles, sem acelerar nem diminuir o ritmo, nem mesmo quando enfiava o pé em um buraco ou tropeçava em uma raiz de árvore protuberante. Quando isso acontecia, ela cambaleava, nunca realmente caindo, recuperava o equilíbrio e continuava a seguir os outros. Não estava claro se entendia onde estava ou o que estava fazendo ali. Nem mesmo Christopher tinha vocabulário que lhe permitisse perguntar isso.

— Você já sabe? — perguntou Cora, olhando desconfortável para Rini. — O que vai fazer com ela? Você tem que fazer *alguma coisa* com ela.

— Vou encontrar um jeito de fazê-la reviver, para que eu possa nascer e a Rainha dos Bolos possa ser derrubada e tudo possa ser do jeito que deveria. — O tom de Rini era firme. — Gosto de existir. Não estou preparada para deixar de existir só por causa de um azar idiota. Não convidei o azar idiota para a minha festa de aniversário, ele não pode me dar nenhum presente.

— Não tenho certeza se o azar funciona desse jeito, mas claro — disse Kade, cansado. — Vamos chegar onde estamos indo e depois vemos.

Cora não disse nada, mas achou que fariam isso. Parecia inevitável, a esta altura. Assim, ela e outros seguiram em frente.

R ini cumpriu sua palavra. Eles estavam andando havia mais de uma hora quando a terra inclinou, tornando-se uma ladeira suave que, de algum jeito, alinhava-se com o formato das montanhas e as curvas da terra, transformando uma simples fazenda de milho doce em uma vista arrebatadora.

Os campos eram um exuberante tributo verde à plantação, com caules que se assomavam em direção ao céu, folhas farfalhando com tanta verossimilhança vegetativa que só quando Cora piscou foi que percebeu que as espigas de milho em cada caule eram, na verdade, unidades de milho doce, cada uma com o comprimento do seu antebraço. A seda de fio de açúcar se balançava delicadamente na brisa. Tudo cheirava a mel e açúcar e, de algum jeito, aquele aroma era exatamente adequado, exatamente certo.

Havia colmeias na fronteira do campo e puxa-puxas listrados grossos e doces amanteigados se espalhavam na parte externa, suas formas sugerindo apenas vagamente seus insetos progenitores, as asas de folhas finas de caramelo que faziam a luz do sol parecer suave e dourada.

Assim como o castelo da Rainha dos Bolos, a casa da fazenda e o celeiro eram feitos de biscoitos de gengibre, uma tradição de Natal levada ao seu extremo absoluto. Diferente do castelo, eram perfeitamente simétricos e bem projetados, construídos com um olhar para a funcionalidade e a forma, não apenas para usar o máximo de purpurina comestível que fosse humanamente possível. A casa da fazenda era baixa e comprida, estendendo-se pela fronteira do campo distante, as janelas feitas do mesmo caramelo que as asas das abelhas. Rini sorriu quando a viu, o alívio se expandindo por suas feições restantes e fazendo-a parecer jovem, radiante e em paz.

— Meu pai vai saber o que fazer — disse ela. — Meu pai sempre sabe o que fazer.

Kade e Cora se entreolharam. Nenhum dos dois a contradisse. Se ela queria acreditar que o pai era um sábio onisciente que resolveria tudo, quem eram eles para discutir?

Além do mais, este não era o mundo deles. Até onde sabiam, ela estava certa.

— Vem, mãe! — disse Rini, encorajando Sumi a segui--la até o campo de milho doce. — O papai está esperando! — Ela se lançou no verde. O esqueleto a seguiu com tranquilidade, com os três visitantes de outro mundo atrás.

— Sempre achei que, se encontrasse outra porta, para *qualquer lugar*, eu a aceitaria, porque qualquer lugar tinha que ser melhor do que o local onde os meus pais me faziam perguntas horríveis o tempo todo — comentou Christopher. — Havia uma telenovela sobre um bando de crianças doentes em um hospital que minha mãe me fez ver tipo duas temporadas inteiras depois que voltei, me dando umas olhadas esperançosas depois de cada episódio, como se eu finalmente fosse confessar que, sim, a Menina Esqueleto era outra paciente com transtorno alimentar, uma garota sem teto ou alguma coisa assim e não, você sabe, uma porra de *esqueleto*.

— Sejamos justos aqui — disse Kade. — Se o meu filho voltasse de uma jornada a uma terra mágica e dissesse na minha cara que queria se casar com uma mulher que não tinha nenhum órgão interno, eu provavelmente passaria algum tempo tentando encontrar um jeito de mudar as coisas para ele não dizer isso.

— Ah, como se você se sentisse atraído por garotas porque acha que elas têm belos rins — disse Christopher.

Kade deu de ombros.

— Eu gosto de meninas. Elas são lindas. Gosto porque elas são macias e bonitas e têm pele e depósitos de gordura em todos os locais onde a evolução achou adequado. Mas minha parte preferida é como elas têm uma estabilidade estrutural, já que não são *esqueletos*.

— Todos os meninos são esquisitos como vocês dois ou eu tive muita sorte? — perguntou Cora.

— Somos adolescentes em uma terra mágica seguindo uma garota morta e uma garota semidesaparecida até um campo de milho doce orgânico e sem agrotóxicos — disse Kade. — Acho que esquisito é uma resposta totalmente razoável para a situação. Estamos assobiando pelo cemitério para não perder totalmente a cabeça.

— Além disso — disse Christopher —, você não escolhe seus namorados com base nos órgãos internos, não é? Pense nisso.

— Sinto muito, mas tenho que ficar do lado de Kade, se você vai me arrastar para o seu desfile de esquisitices. — Cora relaxou um pouco. Isso estava começando a parecer mais uma de suas caminhadas pelo território da escola com Nadya do que uma missão potencialmente fatal. Talvez Rini estivesse certa e seu pai fosse consertar tudo. Talvez eles pudessem ir para casa em...

Cora parou de repente.

— O bracelete.

— O quê? — Kade e Christopher também pararam, olhando ansiosos para ela.

— Não pegamos o bracelete de Rini com a Rainha dos Bolos — disse Cora. Balançou a cabeça, os olhos arregalados, sentindo o peito começar a apertar. — Estávamos tão preocupados em recuperar a flauta de Christopher que não procuramos o bracelete. Como vamos voltar para a escola?

— Vamos dar um jeito — disse Kade. — No mínimo, o Mago que deu as contas para ela vai conseguir cuidar de nós. Respira. Vai dar tudo certo.

Cora respirou fundo, olhando para ele.

— Você realmente acha isso?

— Não — respondeu descaradamente. — Nunca dá tudo certo. Mas eu dizia isso para mim mesmo todas as noites quando estava no Prisma. Falava isso para mim mesmo todas as manhãs quando acordava, ainda no Prisma. E eu aguentei. Às vezes isso é tudo que você pode fazer. Simplesmente aguentar até não ter mais que fazer isso, por mais que demore, por mais que seja difícil.

— Isso parece... — Cora fez uma pausa. — Na verdade, parece muito legal. Não sou tão boa em mentir para mim mesma.

— Sou o rei de dizer a mim mesmo bobagens nas quais não acredito, mas preciso acreditar pelo bem de todos ao redor. — Kade abriu os braços, emoldurando o momento. — Consigo fazer qualquer coisa parecer sensata por cinco minutos.

— Eu não consigo — disse Christopher. — Simplesmente me recuso a morrer onde a Menina Esqueleto não vai conseguir me encontrar. Acho que este não é o tipo de mundo que se conecta a Mariposa. É dessincronizado demais.

— O que você quer dizer? — Cora começou a andar de novo, acompanhando o ritmo deles.

— Você sabe que Rini não é a primeira pessoa a vir para o nosso mundo, vamos chamá-lo de "Terra", já que esse é o nome técnico, de outro lugar, certo? — Kade fez uma pausa que mal deu tempo para Cora assentir antes de dizer: — Bem, toda vez que isso aconteceu e nós tomamos conhecimento, alguém fez o possível para sentá-las e fazer muitas perguntas. Conseguir um parâmetro, obter mais detalhes para a Bússola. A maioria delas tem as próprias histórias sobre as portas. Conheciam alguém que conhecia alguém cuja tia-avó desapareceu durante vinte anos e voltou com a mesma idade que tinha quando sumiu, cheia de histórias que não fazem sentido e com o valor do resgate de um rei em diamantes no bolso, sal ou pele de cobra. As moedas são um pouco diferentes em cada mundo. E o que descobrimos é que há mundos de *ir* e mundos de *vir*.

— O que você quer dizer?

— Confeitaria foi feita pelas portas. Suas regras foram estabelecidas pelos confeiteiros e talvez esses confeiteiros tenham vindo de mundos Lógicos, mas o que eles queriam da vida era o Absurdo, portanto bateram a massa de um mundo Absurdo, uma camada por vez. Metade do absurdo provavelmente vem de haver tantos cozinheiros na cozinha. Se trinta pessoas assam o mesmo bolo de casamento, não importa se todos são mestres em sua área, eles vão criar alguma coisa com um gosto meio esquisito.

Cora assentiu devagar.

— Então este é um mundo de *ir*.

— Isso. A Terra, agora, é um mundo de *vir*. Quando recebemos viajantes, são pessoas como Rini: pessoas que não tiveram escolha, que foram exiladas ou estão procurando um velho amigo que *veio* muito tempo atrás e ainda não conseguiu voltar, apesar de dizerem que estavam indo.

— Kade fez uma pausa. — A Terra não é o único mundo de *vir*. Conhecemos ao menos cinco, e isso significa que provavelmente existem outros por aí, distantes demais para termos muitos cruzamentos. Os mundos de *vir* tendem a ser misturados. Um pouco Malicioso, um pouco Virtuoso. Um pouco Lógico, um pouco Absurdo. Eles podem tender a um ou outro. Eu acho que a Terra é mais Lógica do que Absurda, por exemplo, embora a tia Eleanor nem sempre concorde, mas eles existem para fornecer portas com um local onde ancorar.

— Todos os mundos de *ir* se conectam a um ou mais mundos de *vir* — disse Christopher, pegando o fio da meada. — Isso significa que Mariposa e Prisma são conectados à Terra e recebem viajantes de lá. E talvez eles também se conectem a outros mundos semelhantes, como o mundo de Nadya encosta no mundo de Nancy, e talvez se conectem a outro mundo de *vir*, de modo que conseguem os viajantes de que precisam sem chamar muita atenção. Mas, quando se conectam a um mundo de *ir*, é sempre um onde as regras são quase iguais.

— E as regras aqui não são como as regras que você tinha em Mariposa — disse Cora devagar.

Christopher assentiu.

— Exatamente. Mariposa era Rima e Lógica, e este lugar é Absurdo e Razão. Não sei dizer se é Malicioso ou Virtuoso, mas isso não importa de verdade para mim, porque Mariposa é Neutro, então não pode ser sincronizado a nenhum dos dois. O que ele não consegue enfrentar é o Absurdo.

— Minha cabeça está doendo — disse Cora.

— Bem-vinda ao clube — disse Kade.

Eles tinham chegado ao fim do campo de milho doce. O trio saiu do gramado e pisou nas migalhas compactadas do solo em frente à casa da fazenda. Era impossível dizer do que era feita sem prová-la e Cora descobriu que sua curiosidade não chegava ao ponto de lamber o chão. Isso era bom. Era importante saber quais eram os limites de até onde estava disposta a se comprometer com esta nova realidade. Ou talvez simplesmente não quisesse comer terra.

Lá estava Rini, diante da casa da fazenda, com os braços ao redor de um homem alguns centímetros mais alto do que ela. Ele deve ter se assomado sobre Sumi quando ela era uma mulher adulta totalmente crescida e não a esqueleto adolescente parada em silêncio ao lado. O cabelo dele era amarelo. Não louro, mas amarelo, da cor do milho doce maduro, da cor de biscoito amanteigado.

— As pessoas daqui são feitas de carne, certo? — murmurou Cora.

Kade olhou para a mancha de sangue na própria calça e disse:

— Tenho certeza que sim.

— Como é que não morrem de desnutrição? Como é que ainda têm *dentes?*

— Como foi que a sua pele não apodreceu e caiu quando você passou, tipo, dois anos morando na água salgada o tempo todo? — Kade lançou um sorriso rápido e quase irônico para ela.

— Cada mundo tem as próprias regras. Às vezes essas regras são impossíveis. Isso não faz com que sejam menos aplicáveis.

Cora ficou em silêncio por um instante. Por fim, disse:

— Quero voltar para casa.

— Não queremos todos? — perguntou Christopher, desolado, e parou; não havia mais nada a dizer. Eles andaram em direção a Rini e sua família, na esperança de um milagre, na esperança de uma solução, onde os campos de milho doce cresciam ao redor, estendendo-se para o sol.

R ini esperou até os amigos – eles agora eram seus amigos? Será que tinham se unido o suficiente na adversidade a ponto de usarem esse rótulo? Ela nunca teve amigos, não sabia as regras – chegarem bem perto antes de soltar o pai e dar um passo para trás, deixando-o vê-los, deixando que *eles* vissem *o pai.*

Ele era alto. Eles tinham visto isso de longe, junto com o amarelo artificial do cabelo. O que não tinham conseguido ver era que seus olhos eram iguais aos de Rini, o milho doce transformado em cor de olho, que suas mãos eram grandes e calejadas pela vida trabalhando nos campos e que seu rosto era bronzeado pelo sol até ficar quase tão escuro quanto o da filha, embora seus tons fossem diferentes, o dele quente enquanto o dela era frio, vermelho e pêssego, não âmbar e mel. Eles não se pareciam em nada. E pareciam totalmente iguais.

Kade, que conhecera Sumi melhor do que qualquer um dos seus companheiros, olhou para Rini e para o pai dela, e viu Sumi nas diferenças entre eles, os locais onde ela havia sido acrescentada à receita que, quando foi assada, resultou na sua filha.

— Senhor — disse com uma pequena reverência. De algum jeito, isso parecia adequado. — Sou Kade. É um prazer conhecê-lo.

— Obrigado por trazer minha filha para casa — disse o pai de Rini. — Ela me disse que vocês tiveram uma bela aventura. A Rainha dos Bolos está de volta aos seus velhos truques, não é? Bem, suponho que essa era a única coisa que podia acontecer em um mundo onde minha Sumi nunca voltou para mim. — Ele parecia menos triste do que simplesmente resignado. Era assim que sempre havia esperado que o mundo funcionasse: roubando a alegria das mãos dele pelo puro prazer de fazê-lo e não porque ele, pessoalmente, não tinha feito nada para conquistar essa perda. — Meu nome é Ponder e é um prazer tê-los em minha fazenda.

— Não temos tempo para etiqueta e mau humor, papai — disse Rini com um pouco de sua antiga arrogância. Estar perto do pai parecia estar reforçando sua alma o suficiente para lembrar a ela que, desaparecendo ou não, ainda estava ali; ainda havia tempo para corrigir isso. — Encontrei a minha mãe. Encontrei os ossos dela em um mundo que não sabia rir e encontrei o espírito dela em um mundo que não sabia correr, e agora preciso que você me diga como encontrar o coração dela, para que eu possa juntar tudo de novo.

Rini sorriu para o pai quando terminou, genuinamente animada, como se ele fosse a resposta para todas as suas orações, como se ele fosse consertar tudo.

Ponder suspirou profundamente antes de estender a mão e encostar na bochecha dela: não a que estava vazia onde o olho estivera, mas a que ainda estava inteira e sólida, intocada pelo nada que a estava comendo de dentro para fora.

— Não sei, meu bebê — disse ele. — Quando você partiu, falei que não sabia. Sou apenas um fazendeiro de milho doce. Minha única parte nessa história foi amar a sua mãe e criar você e eu fiz as duas coisas da melhor maneira que pude, mas isso não me tornou experiente e não me tornou sábio. Isso me fez ser um homem com uma esposa heroína e uma filha que um dia ia fazer alguma coisa grandiosa e isso era *tudo que eu queria ser*. Nunca salvei o dia. Nunca desafiei os deuses. Eu era a pessoa para quem você podia voltar para casa depois de terminar a missão e eu recebia você com uma torta de fudge quentinha e perguntava como tinha sido o seu dia. Nunca senti que estava sendo deixado de fora só porque estava sempre sendo deixado para trás.

Rini fez um som baixinho, alguma coisa entre ofegar e soluçar, e cobriu o rosto com o que restara de suas mãos.

— O Senhor dos Mortos disse que o absurdo de Sumi tinha voltado para casa — explicou Christopher abruptamente. — Sr. Ponder, Rini nos contou dos Confeiteiros.

De como eles vieram e fizeram Confeitaria maior e mais estranha para conseguirem fazer o que precisavam. Você sabe onde fica o forno deles? Onde assam o mundo?

— Claro — respondeu Ponder. — Fica a um dia de distância daqui.

Christopher deu um sorriso fraco.

— Só podia ser — disse ele. — Você pode nos mostrar o caminho?

PARTE 4

É AQUI QUE MUDAMOS O MUNDO

11

AÇÚCAR, TEMPEROS
E TUDO QUE HÁ DE CARO

Ponder tinha dado a cada um deles uma sacola de provisões e um item que achou que poderiam considerar útil: uma pequena foice para Cora, um pote de mel para Kade e alguma coisa que parecia uma pedra branca ou um ovo muito duro para Christopher. O que deu a Rini era menos claro, já que ela andava lado a lado com o esqueleto da mãe, as mãos vazias, os olhos fixos no horizonte.

Cora se aproximou dela.

— Você está bem? — perguntou.

— Meu pai nos deu presentes porque tinha que fazer isso, não porque vão nos ajudar aqui e agora — disse Rini. — Vocês podem jogar tudo fora, se quiserem.

— Não sei — disse Cora, que nunca tivera uma foice. Ela achava bonita. — Talvez seja útil um dia.

— Talvez — concordou Rini.

Cora franziu a testa.

— Ok, sério. Você está bem?

— Estou. Não. Não sei. Nunca fui visitar a Confeiteira — disse Rini. Sua voz estava baixa, até temerosa. — Sempre achei que um dia faria isso, talvez, quando me sentisse corajosa o suficiente, mas ainda não o fiz e estou meio assustada. E se ela não gostar de mim? E se ela gostar tanto de mim que queira que eu fique com ela para sempre, para ser sua companheira de cozinha e objeto de posse? Eu faria isso. Pela minha mãe, pelo meu mundo, eu faria isso. Mas morreria um pouco mais a cada hora de cada dia, até ser apenas uma casca de bala repleta de sombras.

— Espere. — Cora olhou para Kade e Christopher, amedrontada. Os meninos estavam conversando baixinho enquanto caminhavam, os dedos de Christopher ainda traçando canções silenciosas ao longo da flauta. Ela olhou de volta para Rini. — Não vamos ver a Confeiteira. Vamos ver o forno que a Confeiteira usou quando criou o mundo. É uma grande diferença.

— Na verdade, não — disse Rini. — Você não pode entrar na cozinha de alguém enquanto essa pessoa estiver ali e não esperar vê-la.

Cora a encarou.

— Achei que você tinha dito que a Confeiteira tinha ido embora há muito tempo.

— Eu disse que *uma* Confeiteira tinha ido embora há muito tempo. Uma delas foi. Muitas foram. Mas a Confeiteira atual só está aqui desde que eu era pequena. Ela veio por uma porta e começou a fazer coisas e está fazendo coisas desde então. — Rini balançou a cabeça. — Acho que provavelmente ainda está aqui, apesar de a Rainha dos Bolos estar viva de novo, porque a Rainha nunca foi Confeiteira, não de verdade, mas deveria ser, e o mundo precisa ser mantido, se não quisermos que desabe.

— Ah, doce Netuno, estou ficando com uma baita dor de cabeça — murmurou Cora, massageando a têmpora com uma das mãos. — Muito bem. Eu... muito bem. Vamos ver uma deusa. Vamos ver a deusa do refeitório bagunçado de uma realidade, depois vamos voltar para a escola e ficar lá até nossas portas se abrirem. Está bem. É isso que vamos fazer. Vamos fazer isso.

— Cora? — chamou Kade. — Você está bem?

— Estou ótima — respondeu Cora. — Só, você sabe. Estou aceitando a ideia de que estamos prestes a enfrentar alguém que é *funcionalmente divina* nesta realidade. Porque foi exatamente assim que eu planejei passar a tarde.

— Poderia ser pior — argumentou Kade. — Poderia ser o primeiro deus que você vai encontrar.

Cora franziu a testa.

— Esse *é* o primeiro deus que eu vou encontrar.

— Sério? Porque eu achei que você estava usando a palavra para dizer "árbitro absoluto das regras da realidade em que estou". Estava? — Kade inclinou a cabeça. — Se estivesse, você já encontrou pelo menos um deus, possivelmente dois. *Provavelmente* dois. O Senhor e a Senhora dos Mortos, no mundo de Nancy, lembra? Eles não receberam esses títulos em uma eleição.

Cora empalideceu.

— Sério?

— Se me perguntar, provavelmente aconteceu a mesma coisa com a primeira Confeiteira. Apenas algumas crianças confusas que foram parar em um mundo morto e decidiram, por algum motivo, que deviam ficar.

Isso ou o mundo se recusou a deixá-los irem embora. Isso também podia acontecer. Os mundos podiam criar raízes, enroscando-as pelo coração e apertando com mais força a cada respiração, até que "casa" fosse uma ideia sem nada do outro lado.

— Porra. — Cora balançou a cabeça, olhando para Rini e para a forma silenciosa e estreita de Sumi, envolvida no próprio espírito. — Eu *não* pedi para encontrar deuses.

— Nenhum de nós pediu nada disso — comentou Christopher. — Eu só queria viver até o meu aniversário de dezesseis anos.

— Eu só queria ter uma aventura — disse Kade.

Sumi, sem voz, não disse nada, e talvez fosse melhor assim. Assim como Cora, ela fora uma salvadora, uma ferramenta, alguém que era chamado e recebia a oferta de uma incrível nova existência em troca de fazer apenas uma coisa: salvar o mundo. Ela também o fizera, antes de ser assassinada cedo demais e todo o seu trabalho ter sido mudado.

O Absurdo era exaustivo. Cora mal podia esperar para voltar à escola, onde tudo era seco e pavoroso, mas onde as coisas pelo menos faziam sentido de um instante para outro.

A estrada era feita de biscoitos cream cracker arenosos amassados e serpenteava por uma paisagem pastoril que seria impressionante mesmo que não fosse totalmente feita de açúcar vivo. Kade parou para pegar um punhado de botões de açúcar de um arbusto e mastigar preguiçosamente enquanto caminhava.

Cora franziu a testa.

— Rini — disse ela —, se os Confeiteiros fizeram o mundo e depois foram embora, de onde veio o seu povo? Tipo o seu pai? Quero dizer, ele claramente é parecido com as pessoas do meu mundo para Sumi se casar com ele e ter você, mas isso não faz *sentido*, não de verdade. Todo o restante é de açúcar.

— Ah, havia pessoas que não queriam estar onde estavam e o mundo estava ficando tão grande que a Confeiteira estava passando todo o seu tempo consertando as coisas; tínhamos a Primeira Doceira nessa época e ela estava *muito* ocupada fazendo coisas de açúcar. Por isso, abriu todas as portas que pôde e disse às pessoas que estavam com medo, com fome, solitárias ou entediadas que, se atravessassem a porta, nunca mais poderiam voltar, porque as portas não iam se abrir para elas, mas que ela lhes daria corações doces para torná-los parte deste mundo e aí poderiam ficar aqui para sempre, ser felizes e consertar todas as coisas que ela não queria consertar. — Rini deu de ombros. — Muitas pessoas vieram, acho. Ela lhes deu corações novos e eles encontraram lugares para ficar, fizeram casas, plantaram campos e construíram navios; e agora tem eu, meu pai tem um coração doce e minha mãe tem um de carne e os dois me amaram tanto quanto a lua ama o céu.

— O Flautista de Hamelin — disse Christopher, quase espantado.

Cora, que nunca havia pensado que poderia haver portas menos pessoais, portas que engoliam populações inteiras – com ou sem seu consentimento –, mordeu ansiosa o lábio e continuou andando. Estava ficando *cansada* de andar. Nunca fora um de seus dez exercícios preferidos. Podia nem estar entre os vinte preferidos, embora não tivesse certeza de que *havia* vinte maneiras de se exercitar que valiam a pena considerar, a menos que começasse a contar cada estilo de natação e cada estilo de dança como uma categoria diferente. Pior ainda, essa caminhada era *necessária*. Ela não podia reclamar nem se quisesse.

(E, embora quisesse, ela não *queria*. Se a pessoa gorda fosse a primeira a dizer "ei, estou cansada", "ei, estou com fome" ou "ei, podemos nos sentar", sempre era porque era gorda e não porque era um ser humano com corpo de carne que às vezes tinha necessidades. Talvez Christopher tivesse esse direito de ir a algum lugar onde as pessoas tinham descoberto como viver sem as partes de carne, onde seriam julgadas pelos próprios méritos, e não pelas coisas que as pessoas pensavam sobre elas.)

Christopher parou, levantando uma das mãos antes de se dobrar para a frente e apoiar as duas mãos nos joelhos, a flauta sobressaindo em um ângulo elegante.

— Só um segundo — disse ele. — Quase morri algumas horas atrás. Preciso recuperar o fôlego.

— Tudo bem — disse Cora de um jeito magnânimo. Ela jogou o pé esquerdo para trás e esticou a mão para pegá-lo, puxando-o para alongar. Os músculos da sua coxa protestaram antes de relaxar, deixando-a exercitar os nós incipientes.

Quando levantou o olhar novamente, Kade estava olhando para ela, impressionado.

— Você é mais flexível do que eu — disse ele.

— Nadadora — disse ela. — Tenho que ser.

Kade assentiu.

— Faz sentido.

Rini se virou e olhou furiosa para os três. Era uma expressão estranha, com seu único olho restante e os músculos da bochecha meio desbotados, mas conseguiu fazê-lo do mesmo jeito.

— Precisamos seguir em frente — disse ela. — Meu tempo está se esgotando.

— Me desculpe — disse Christopher. Ele se endireitou. — Estou bem.

— Ótimo — vociferou Rini. Ela recomeçou a andar e os outros se apressaram para acompanhá-la.

Kade foi andar ao lado esquerdo dela, dando apenas uma breve olhada para Sumi, que andava à direita. Concentrou-se no rosto de Rini, tentando não desviar o olhar do que não estava mais ali. Ela merecia mais do que isso. Merecia pelo menos uma falsa dignidade.

— Eu sei que você não sabe dizer exatamente quanto falta, mas vamos chegar logo — disse ele. — A Confeiteira vai nos ajudar e aí você pode voltar para sua casa e sua família e as coisas vão melhorar. Você vai ver.

— O tempo passou aqui e não passou para você. Sou mais velha do que você. Minha mãe é mais nova do que eu — disse Rini, amarga. — Se a consertarmos, isso vai *me* consertar? Ou vou continuar desbotando, já que agora ela é jovem demais para ser qualquer coisa que não uma noiva criança para o meu pai? E ele jamais faria isso, jamais *teria feito* isso, mesmo antes de ter uma filha. Mesmo que a gente a recupere e ela seja tão mais jovem do que eu, eu ainda perco tudo?

— A profecia...

— Só dizia que ela derrotaria a Rainha dos Bolos e lideraria em uma era de paz e cookies de manteiga de amendoim. Não dizia *quando* ela faria isso ou se certamente se casaria com seu verdadeiro amor e teria uma filha absurdamente linda chamada Rini que cresceria e encontraria seu amor verdadeiro. — A boca de Rini se retorceu, formando uma linha amarga. — Ninguém me prometeu um final feliz. Eles nem me prometeram uma existência feliz.

Kade olhou para a estrada.

— Vamos consertar isso — repetiu ele.

— Vamos tentar — disse Rini.

Continuaram andando. Em um momento, estavam passando pelos campos pastoris de cobertura verde e flores de açúcar; no seguinte, estavam se aproximando dos portões do que parecia muito um ferro-velho, se ferros-velhos fossem feitos de restos descartados de mil projetos de cozinha. Havia suflês murchos, aparas de bolo e fatias de fudge rachado por toda parte, empilhados em montanhas de guloseimas descartadas atrás de uma cerca de malha feita de parreiras de frutas trançadas. Kade piscou.

— É para lá que vamos? — perguntou ele.

Rini assentiu, a expressão quase reverente.

— A Confeiteira fica aqui — sussurrou.

Os quatro atravessaram o portão. Ele se abriu quando se aproximaram e, em silêncio, entraram.

O ferro-velho era impossivelmente grande, estendendo-se eternamente, como se tivesse as próprias regras sobre coisas como geometria, física e o modo como a terra deve se curvar. Os quatro viajantes andavam bem próximos, as mãos encostando de vez em quando, como se estivessem com medo de que até uma separação momentânea pudesse resultar em um ou mais deles desaparecendo naquelas pilhas imponentes de escombros, sem nunca mais ser visto.

Conforme andavam, as pilhas cresciam. Não havia mofo – as coisas nem pareciam estragar de verdade –, mas havia um aroma dos produtos recém-assados que não existia nas pilhas perto das fronteiras, uma mistura caseira de calor e açúcar e conforto que prometia segurança, proteção e doçura na língua.

Eles viraram uma esquina e lá estava ela. A Confeiteira.

Era baixinha, curvilínea e tinha a pele alguns tons mais escura que a de Christopher, com um belo tecido azul enrolado na cabeça, escondendo o cabelo. Não parecia ter mais do que dezessete anos. A saia roçou no chão quando se inclinou para tirar uma torta do forno diante de si. De algum jeito, havia construído uma cozinha autossuficiente no meio de um ferro-velho – ou talvez tenha criado o ferro-velho ao redor da sua cozinha autossuficiente, construindo-o com um cookie quebrado e um cupcake descartado de cada vez.

Rini a estava encarando, boquiaberta, uma lágrima no olho. Sumi deu um passo para a frente sem ser chamada e um pedaço de biscoito de amêndoa estalou sob seu pé ossudo.

A Confeiteira levantou o olhar e sorriu.

— Aí está você — disse ela, virando-se para colocar a torta na bancada próxima. Essa bancada estava ali um instante antes? Cora não tinha certeza. — Eu tinha esperanças de que viesse.

Rini ofegou de maneira abafada e virou o rosto para o outro lado.

A Confeiteira saiu da cozinha, andando pelo solo de biscoitos quebrados em direção a Rini, parecendo não perceber como as rachaduras ficavam mais lisas sob seus pés, como as cores dos biscoitos ficavam mais vivas, como o açúcar brilhava. Ela curava o próprio mundo com sua mera presença – mas essa presença era necessária. Ela podia criar. Podia consertar. Mas não podia estar em todos os lugares ao mesmo tempo.

— Minha pobrezinha — disse a Confeiteira e estendeu a mão para o que restava das mãos de Rini. — Você a encontrou. Você encontrou nossa Sumi e a trouxe para casa.

— Você consegue consertá-la? — Rini fungou. Lágrimas vazavam constantemente do seu olho, escorrendo sem controle pela bochecha. — Por favor, você consegue consertá-la?

O Senhor dos Mortos disse que o absurdo dela estaria aqui. Isso é tudo de que precisamos para reconstruí-la. Você consegue?

— Ah, minha querida — disse a Confeiteira e soltou as mãos de Rini. — O absurdo retorna para onde é feito, isso é verdade, mas é como farinha de trigo no ar: você não consegue puxá-lo de volta. Você precisa deixá-lo assentar. Ele volta para o todo. Ele faz o mundo continuar girando. Se o absurdo da sua mãe está aqui, não posso recuperá-lo.

— Bem, você pode fazer mais? — perguntou Cora. — Você é a Confeiteira. É você que faz este mundo ser o que é. Você não pode simplesmente... bater uma nova massa de absurdo?

— Não é como biscoitos de gengibre — disse a Confeiteira.

— Então *é* como farinha de trigo, mas *não é* como biscoitos de gengibre e você ainda é a pessoa encarregada deste mundo todo, então por que não pode simplesmente decidir que o que está assando agora é um final feliz para todos os envolvidos? — Cora cruzou os braços, resistindo à vontade de fazer uma cara feia. — Estou cansada e confusa e não fui feita para um mundo Absurdo, então realmente gostaria que você simplesmente consertasse isso.

— Às vezes você diz "absurdo" como se fosse uma ideia e às vezes diz como se fosse um nome próprio — disse a Confeiteira. — Por quê?

— Você encontrou uma porta — disse Kade.

A Confeiteira se virou para ele, piscando. Ele deu de ombros.

— Talvez estivesse nos fundos da despensa, talvez estivesse no seu quarto ou, caramba, talvez estivesse no meio da rua, mas você encontrou uma porta e, quando a atravessou, tudo estava diferente. Você tinha uma cozinha, todos os suprimentos que quisesse e um mundo que queria que você assasse um futuro.

— É literalmente o que faço — murmurou a Confeiteira. — As profecias que fazem o futuro acontecer do jeito que deveria? Eu as coloco em biscoitos doces e as jogo ao vento para serem distribuídas. Leva muito tempo. A cobertura não é um bom meio para dissertações longas sobre o destino.

— Não achei que seria — disse Kade. — Mas você encontrou uma porta e ela trouxe você para cá; e você sabe que não é a primeira pessoa a trabalhar nesta cozinha, então imagino que tenha medo de que a porta retorne um dia e te jogue de volta para o local de onde veio.

— Brooklyn — disse a Confeiteira e, em um piscar de olhos, ela não era uma deusa, nem uma figura criadora, nem nada desse tipo: era uma adolescente usando hijab, com farinha de trigo nas mãos e uma expressão abatida no rosto. — Como você sabia disso? Você veio para me levar de volta?

— Nós nunca faríamos isso com ninguém — disse Cora. — Jamais. Mas você perguntou por que falamos do jeito que falamos.

— Se sua porta um dia reaparecer, se um dia você se encontrar de volta em um mundo com o qual não quer ter ligação, procure o Lar de Eleanor West para Crianças Desajustadas e veja se seus pais podem levar você para lá — disse Christopher. — Você vai estar com pessoas que entendem.

A Confeiteira franziu a testa.

— Muito bem — disse finalmente. — Mas isso não vai acontecer, porque vou ficar aqui para sempre.

Cora e Christopher, que sabiam que não era assim, entreolharam-se e não disseram nada. Não havia nada adequado para se dizer.

— Isso é muito adorável para você, senhorita, mas gostaríamos de voltar para a escola e para a função de procurar as nossas portas — disse Kade com educação. — Você não pode bater uma nova massa de absurdo para Sumi, para que possamos reconstruí-la?

— Eu não sei *como* — respondeu a Confeiteira, parecendo frustrada. — O Absurdo acontece por conta própria. Está no ar, na água... no solo.

— Que é feito de biscoitos cream cracker — disse Cora.

— Exatamente! Não faz sentido, por isso produz mais absurdo. Não posso simplesmente bater uma massa de alguma coisa que não tem receita.

— Você não pode improvisar? — Cora balançou a cabeça.

— Por favor. Viemos de tão longe até aqui e já pagamos por isso. Sumi precisa de ajuda. Sumi precisa de um milagre. Neste momento, é você que faz milagres. Então, por favor.

A Confeiteira olhou para cada um deles, finalmente parando em Rini, que ainda estava chorando, mesmo enquanto parecia cada vez menos atrelada a este mundo.

— Muito bem — disse. — Vou tentar.

Quando a Confeiteira chamou Sumi, ela se aproximou voluntariamente. Como poderia fazer outra coisa? Era a divindade do seu mundo escolhido chamando-a para casa e, mesmo como uma combinação de esqueleto e sombra, sabia qual era o seu lugar.

Kade tinha ajudado a Confeiteira a levantar Sumi até uma mesa comprida que, se vista pelo ângulo certo, parecia-se perturbadoramente com a mesa de autópsia que costumava ocupar o porão, aquele onde uma garota chamada Jack tinha dormido e sonhado com um mundo definido pelo sangue e pelo trovão. Em seguida, deu um passo para trás, junto com os outros, e observou enquanto ela começava a trabalhar.

A cozinha não tinha paredes nem despensa. Quando precisava de alguma coisa, ela saía dos seus limites e se abaixava nos arredores do ferro-velho, levantando-se várias vezes com os ingredientes certos nas mãos. Ovos, leite, farinha de trigo, manteiga, favas de baunilha e raízes de gengibre estavam todos ali, esperando que os tirasse do solo. Ela não parecia entender que isso era esquisito, que quando os outros olhavam para o ferro-velho, só viam falhas, não os tijolos de construção para novos sucessos. Este não era o lugar deles. Não havia dúvidas de que era o dela.

Pedaço a pedaço, ela havia construído os membros de Sumi com cereais de arroz misturados com marshmallow e mel, cobrindo cada camada com uma folha fina de chocolate de modelar até a mistura combinada começar a parecer a musculatura humana. Estava trabalhando nos ombros de Sumi quando o cronômetro de um dos fornos tocou. Foi até ele, abriu e tirou um tabuleiro de órgãos de biscoito doce, cada um polvilhado com uma cor diferente de açúcar.

— O fato de os ossos não derreterem ajuda — disse ela, usando uma espátula para tirar os biscoitos do tabuleiro e colocar em uma grade para resfriar. — Não preciso me preocupar de colocar alguma coisa quente em cima deles e perder a estrutura toda. Isso às vezes acontece com os vulcões daqui. É muito entediante.

— Hum — disse Christopher. — Tudo isso é legal de ver, apesar de ser meio que um pesadelo, mas as pessoas costumam ser feitas de carne, não de cereais de arroz. Precisamos de uma Sumi funcional. Você está fazendo um bolo que se parece um pouco com ela.

— Assar alguma coisa a transforma, e qualquer pessoa que já comeu uma fatia de bolo vai lhe dizer que às vezes podemos pegar produtos de padaria e transformá-los em partes de nós — disse a Confeiteira com serenidade. Ela estava no seu território: sabia exatamente o que estava fazendo e estava satisfeita de continuar até terminar o trabalho. — Se isso funcionar, ela será feita do mesmo material que você e eu.

Cora, que tinha ouvido muitas piadas sobre bolos e brownies que iam direto para suas coxas, olhou para as unhas curtas, cutucando-as para arrancar as últimas partes de cor-de-rosa pegajoso do Mar de Morango, e não disse nada.

— Hum — disse Christopher.

A Confeiteira riu. Era um som radiante, absurdamente alegre.

— Adoro cozinhar — disse ela. — Permite que você crie o mundo que deseja e torna tudo delicioso. — Pegou um saco de confeiteiro grande, começando a colocar cobertura no vazio das entranhas de Sumi.

Pedaço por pedaço, os ossos reluzentes desapareceram sob as camadas de massa. Pedaço por pedaço, a estrutura da criação da Confeiteira foi feita para sobrepor a sombra silenciosa e quase dissonante, até que a Confeiteira estava usando chocolate de modelar para esculpir os ângulos e as partes planas e delicadas do rosto de Sumi. Camadas de bolo amarelo tinham sido colocadas para formar o tecido gorduroso, cobertas por uma camada grossa de biscoito de gengibre que, por sua vez, era coberta por uma casca de fondant tingido em alguns tons mais escuros que a pele de Rini.

— Cabelo, cabelo, cabelo — cantarolou a Confeiteira e saiu da cozinha, pegando naquela bagunça um punhado do que parecia algodão-doce preto. Ela o levantou e sorriu. — Você nunca sabe quando vai precisar de algodão-doce preto. Mas não se deve comer isso. Vai deixar sua língua preta por uma semana. — Ela mostrou a língua, que estava com um tom alegre de azul, antes de começar a aplicar o material preto e translúcido sobre a cabeça de Sumi. Quando terminou, pegou um rolo de papel manteiga e enrolou delicadamente sobre o corpo. — Ela está quase pronta para entrar no forno. Espero que funcione.

— O que acontece se não funcionar? — perguntou Rini.

A Confeiteira suspirou.

— Tentamos outra coisa, acho.

— O esqueleto dela vai ficar bem — disse Christopher.

— Não sei se é possível assar o espírito da parte chata de alguém, mas o esqueleto não vai se importar, a menos que o forno esteja quente *demais*.

— Não estou acostumada a cremar os meus cookies — disse a Confeiteira.

— Pronto — disse Christopher. — Não precisa se preocupar.

A Confeiteira riu.

— Está bem, eu gosto de vocês. Alguém pode me ajudar a carregá-la até o forno?

O bolo, os cereais e o chocolate acrescentaram tanto peso ao esqueleto que foi necessário Cora e Kade para ajudar a Confeiteira a levantar o tabuleiro para colocar no forno. O calor que saiu quando ela abriu a porta foi intenso o suficiente para fazê-los recuar, pois os pelos dos braços encaracolaram ao se aproximar.

— Lá vai ela — disse a Confeiteira e deslizou o tabuleiro e Sumi para dentro com cuidado. A porta se fechou atrás dela.

— E agora? — perguntou Cora.

— Agora esperamos — respondeu a Confeiteira. — Aguardamos e temos esperança.

12
A HISTÓRIA DA CONFEITEIRA

Eles se sentaram em uma parede quebrada de biscoito de gengibre, os pés pendurados, bebendo copos de leite gelado e surpreendentemente sem aditivos. Era doce como o leite sempre foi doce, mas não era maltado, nem achocolatado nem qualquer outra coisa que o faria se encaixar melhor no mundo. Cora lançou um olhar curioso para a Confeiteira.

— Onde foi que você conseguiu o leite? — perguntou.

— Ele cresce em árvores — respondeu a Confeiteira com serenidade.

Cora ficou boquiaberta.

— Não, sério — disse a Confeiteira. — Nessas frutas brancas e grandes que parecem ovos. Uma das confeiteiras anteriores criou *isso*. Eu só aproveito. — Ela tomou outro gole de leite. — Ah. Refrescante *e* bizarro.

— Você é religiosa? — perguntou Christopher.

A Confeiteira se virou para piscar para ele.

— Como é?

— Seu... — Ele acenou com a mão ao redor da cabeça.

— Eu sei que isso é uma coisa religiosa, na maioria das vezes. Você é religiosa?

— Minha família é — respondeu. — Acho que um dia eu talvez seja, mas em grande parte eu uso o hijab porque gosto de não ter de me preocupar em cair cabelo na massa do bolo.

— Funcional *e* elegante — disse Christopher, o tom espelhando intencionalmente o dela quando falou da fruta de leite. — É estranho para você? Ser uma deusa?

A Confeiteira hesitou antes de deixar o leite de lado.

— Vamos esclarecer isso — disse ela. — *Não* sou uma deusa. Sou uma confeiteira. Eu asso coisas. Qualquer magia na minha comida vem do mundo, não de mim, e não posso evitar se aqui os meus brownies são sempre perfeitos e misteriosamente fazem o papel de material para telhados.

— Me desculpe — disse Christopher. — Eu só pensei...

— Não estou aqui para converter pessoas, nem para pregar nem para fazer nada além de assar muitos cookies. Um continente de cookies. Quando terminar, se a porta se abrir e me mandar para casa, acho que vou fazer cookies lá.

— Você tem um nome? — perguntou Kade.

— Layla — respondeu ela.

— Prazer em conhecê-la — disse ele. — Sou Kade. Esses são meus amigos, Cora e Christopher. Rini você já conhece.

Layla fez um sinal com a cabeça para cada um.

— É um prazer conhecer vocês. Cada um teve sua porta?

— Príncipe Goblin — disse Kade.

— Sereia — disse Cora.

— Amado da Princesa dos Esqueletos — disse Christopher.

Layla piscou.

— Eu estava acompanhando até o último nome.

Christopher deu de ombros com tranquilidade.

— Recebo essa reação com frequência.

Rini não disse nada. Estava cutucando miseravelmente pedaços de chocolate da parede, lançando-os no ferro-velho sob eles. Layla suspirou e se inclinou para colocar a mão no ombro de Rini.

— Respire. — disse ela.

— Acho que um dos meus pulmões parou de existir — disse Rini.

— Então faça uma respiração um pouco mais superficial — disse Layla. — Mas continue respirando. Vamos acabar de assar em breve e aí vamos ver no que vai dar.

— Rini estava preocupada — Cora deixou escapar. Rini e Layla se viraram para olhar para ela. — Com a linha do tempo. Hum. Se Sumi morreu antes de ela nascer e nós trouxermos Sumi de volta à vida *agora*...

— Ah, isso é simples — disse Layla. — Vocês trazem Sumi de volta à vida agora e ela volta para a escola com vocês. Para nós, Sumi é uma mulher adulta, não um esqueleto adolescente. Ela vai ter alguns anos com vocês antes que sua porta abra novamente.

— É você que abre a porta? — perguntou Kade.

— Não — respondeu Layla. — Eu chego aqui um ano depois de Sumi.

Houve um silêncio momentâneo antes de Christopher perguntar:

— Se estamos no futuro, no nosso futuro, neste momento, isso significa que, se eu te procurar no Facebook quando o wi-fi voltar, vou te encontrar, tipo, com doze anos e morando no Brooklyn?

— Eu não tinha Facebook aos doze anos, mas isso não importa — disse Layla. — Por favor, não me procurem. Por favor, não tentem me encontrar. Eu não me lembro de isso ter acontecido, o que significa que não aconteceu para mim. Se vocês mudarem o meu passado, minha porta pode nunca se abrir e eu posso não assar todos esses cookies. Esperei a vida toda para assar todos esses cookies.

Todo mundo que ia parar na Escola de Eleanor West – todo mundo que encontrava uma porta – entendia o que era passar a vida toda esperando por uma coisa que outras pessoas não necessariamente entenderiam. Não porque eram melhores do que outras pessoas e não porque eram piores, mas porque tinham uma necessidade presa em algum lugar nos ossos, corroendo constantemente, tentando escapar.

— Não vamos fazer isso — prometeu Kade.

Layla relaxou.

Na cozinha, um cronômetro apitou. Layla se levantou, espanando o cacau em pó dos joelhos e da bunda antes de dizer:

— Vamos ver o que conseguimos. — E começar a se afastar. Os outros a seguiram, Rini andando cada vez mais devagar até estar pouco atrás de Cora.

Cora se virou para olhar inquisitiva para ela.

— Você não quer ver sua mãe? — perguntou ela.

— Ela não vai ser, ainda — disse Rini. — Se isso funcionou, ela não é minha mãe hoje e, se não funcionou, não vai ser minha mãe amanhã. É melhor, em Lógica? Onde o tempo faz a mesma coisa todo dia e segue em apenas uma linha, e sua mãe é sempre sua mãe e sempre pode secar suas lágrimas e dizer que vai ficar tudo bem, você é minha estrela de menta e meu mar de xarope, eu nunca vou te abandonar e certamente não serei assassinada antes de você poder nascer?

Cora hesitou.

— Nem sempre — disse finalmente e desviou o olhar.

Rini pareceu aliviada.

— Ótimo. Não sei se eu poderia viver com a ideia de que todas as outras pessoas ficam com o melhor e nós ficamos com o pior, só porque não quisemos fazer as coisas na mesma ordem todo dia.

Kade parou na entrada da cozinha, virando-se e olhando por sobre o ombro.

— Venham — disse, chamando-as. — Precisamos tirar Sumi do forno antes que fique queimada.

— Estamos indo — disse Cora e se apressou colina acima, com Rini ao lado.

Um sopro de ar saiu do forno quando Layla o abriu, quente e doce, com aroma de açúcar mascavo, canela e gengibre. Ela deu um passo para trás, rindo com evidente alívio.

— Ah, que cheiro *bom* — disse ela. — É o cheiro de algo pronto e correto. Nada de carvão nem de queimado.

— Como podemos ajudar? — perguntou Kade.

— Peguem um par de luvas e levantem — respondeu Layla.

Ela não calçou as luvas antes de enfiar a mão no formo: simplesmente pegou a ponta de metal do tabuleiro com as mãos nuas e puxou. Não havia nenhum cheiro de queimado e ela não fez nenhum som que indicaria que estava com dor. Ela podia não fazer magia, mas este mundo *era* mágico e dizia que a Confeiteira era importante: a Confeiteira seria protegida.

Kade nunca fora muito fã de cozinhar. Trabalho demais para uma coisa transitória demais. Preferia a alfaiataria, pegar uma coisa e transformá-la em outra, algo que ia *durar.*

Seus pais tinham percebido seu interesse em costura depois de voltar de Prisma como um sinal de que ele era uma menininha, no fim das contas, até começar a modificar seus vestidos, transformá-los em camisetas, camisas e outras coisas que o deixavam mais confortável.

Ele tinha espetado os dedos com alfinetes e se cortado com tesouras mais vezes do que poderia contar. Se alguém lhe oferecesse um local onde pudesse simplesmente se sentar e costurar por um tempo, com todos os tecidos e acabamentos que pudesse desejar, com ferramentas que não lhe fariam mal, por mais que fosse descuidado... Bem, a tentação seria maior do que ele poderia suportar.

Rini ficou para trás, incapaz de confiar na sua força com tantas partes das mãos desaparecidas, mas os outros levantaram como Layla lhes ordenara, dois de cada lado, como carregadores de caixão preparando Sumi para seu descanso final. Eles colocaram o tabuleiro na bancada da confeiteira no meio da cozinha e Layla fez sinal para se afastarem antes de estender a mão para a folha de papel manteiga que cobria o rosto de Sumi.

Cora percebeu que estava prendendo a respiração.

O papel manteiga foi retirado. Sumi tinha ido embora antes de Cora chegar à escola: não havia nada ali para Cora reconhecer, apenas uma adolescente bonita e silenciosa com pele marrom lisa e cabelo preto comprido. Seus olhos estavam fechados, os cílios delicadamente apoiados nas bochechas e a boca em um arco virado para baixo, jovial mesmo estando imóvel.

Rini ofegou antes de começar a chorar.

— Acorda ela — implorou. — Por favor, por favor, acorda ela.

— Ela precisa esfriar — disse Layla. — Se a acordássemos agora, ela teria uma febre alta o suficiente para cozinhar seu cérebro e matá-la de novo.

— Ela parece... — Kade estendeu uma mão trêmula, recuando antes de encostar na pele dela. — Ela parece perfeita. Ela parece *real*.

— Porque ela é real — disse Layla. — O cabelo é a prova.

— Como?

— Se o forno não quisesse reconstruí-la, ela não teria cabelo. — Layla estava radiante. — Ela teria uma confusão preta e pegajosa grudada em um monte de fondant derretido; falando nisso, não se deve assar fondant, nem cobertura nem a maioria das coisas que eu coloquei no esqueleto dela. Confeitaria a queria de volta e Confeitaria a fez voltar. Sou apenas a Confeiteira. Coloco as coisas no forno e o mundo faz o que quer.

Parecia um jeito muito preciso de evitar acusações de magia. Kade não disse nada. Discutir com alguém que estava ajudando nunca era uma boa ideia e, neste caso, fazer Layla duvidar de seu lugar em Confeitaria poderia resultar em uma porta e uma expulsão e tudo isso teria sido por nada.

Sumi parecia tão real.

— Foi suficiente fazer um novo corpo de doce e bala e tudo o mais? — perguntou Cora. — Isso vai devolver o absurdo dela? — Ou o espírito quieto e solene de Sumi abriria seus olhos e pediria para ser levado para casa? Não para a escola, mas para os pais que acreditavam que estava morta, aqueles que estavam dispostos a mandar a filha embora quando ela se transformou em uma coisa diferente da boa menina que tinham criado.

— Não sei — disse Layla. — Nunca fiz isso. Não sei se alguém já fez.

Era uma mentira, mas necessária. Claro que alguém já tinha feito isso. Eles estavam em Confeitaria, terra da arte culinária transformada em milagre: terra das crianças solitárias cujas mãos ansiavam por assadeiras ou rolos de pastel, pela previsibilidade confortável de cronômetros e conchas e xícaras cheias de farinha de trigo. Era uma terra em que ingredientes medidos com perfeição criavam torres absurdas de extravagâncias e espantos – e talvez por isso eles conseguissem estar aqui, criaturas lógicas que eram, sem se sentirem atacados pelo mundo ao redor. Kade se lembrava muito bem das histórias da tia sobre o próprio reino Absurdo, incluindo o modo como se virou contra ela quando tinha idade suficiente para pensar como adulta, de maneira rígida e metódica. Ela sempre seria tocada pelo Absurdo, mas, em algum ponto no caminho, o tempo a alcançara o suficiente para virar sua mente contra o reino que era seu lar natural.

Confeitaria não era assim. Confeitaria era um Absurdo com regras, onde o fermento sempre fermentaria seu bolo e a levedura sempre cresceria. Confeitaria podia ser Absurdo *porque* tinha regras, e assim as pessoas Lógicas poderiam sobreviver ali, até prosperar ali, depois que aceitassem que as coisas não eram exatamente como em outros mundos.

Layla estendeu a mão e encostou cuidadosamente os dois primeiros dedos da mão direita na curva do pulso refeito de Sumi. Ela sorriu.

— Já está fria o suficiente — disse. — Podemos acordá-la.

— Como? — perguntou Christopher.

— Ah. — Layla olhou para ele, os olhos arregalados e surpresos. — Achei que vocês sabiam.

— Eu sei — disse Rini.

Ela foi em direção à mesa e os outros ficaram de lado, deixando-a passar, até estar diante de Sumi, olhando para ela com o único olho que lhe restava. Apoiou o dorso da mão na bochecha da mãe. Sumi não se mexeu.

— Eu finalmente tive uma aventura, Mamãe, como você sempre disse que eu deveria ter — disse Rini baixinho.

— Fui visitar o Mago do Fondant. Tive que dar duas estações da minha parte da colheita, mas ele me deu contas para viajar para que eu pudesse te buscar. Fui até o mundo onde você nasceu. Respirei o ar...

Ela continuou falando, descrevendo tudo que tinha acontecido desde que caíra do céu como se isso fosse a maior aventura de que o universo tinha notícia. Como tinha discutido com a Rainha das Tartarugas e desafiado o Senhor dos Mortos, como tinha estado lá para a derrota mais engenhosa da Rainha dos Bolos, quando uma Sereia e um Príncipe Goblin finalmente a dominaram. Era uma história cheia de senhores e senhoras, missões nobres, e era mágica.

Missões eram muito parecidas com cachorros, pensou Cora. Eram muito mais atraentes quando vistas de longe, não latindo no meio da noite ou fazendo cocô pela casa toda. Ela havia estado ali a cada momento terrível, exaustivo e arrasador dessa missão e não sentira nenhuma magia. Conhecia-a bem demais. Mas Rini a descreveu para Sumi como se fosse um livro de histórias, como se fosse algo a sussurrar no ouvido de uma criança enquanto ela estava caindo no sono, e foi lindo. Foi verdadeiramente lindo.

—... então eu preciso que você acorde agora, Mamãe, e vá com seus amigos, para depois poder voltar para cá e se casar com o Papai, para que eu possa nascer. — Rini se inclinou para a frente até a cabeça estar apoiada no peito de Sumi, fechando o olho. — Quero que você me conheça. Você sempre disse que eu era a melhor coisa que você tinha feito, por isso quero que você me conheça para saber que isso é verdade. Então acorde agora, está bem? Acorde e vá embora para poder voltar para casa.

— Olhem — sussurrou Kade.

As mãos de Sumi, que nunca na vida ficavam imóveis, estavam se mexendo. Enquanto os outros observavam, ela as levantou da mesa e começou a acariciar o cabelo de Rini, os olhos ainda fechados, o rosto ainda em paz.

Rini soluçou e levantou a cabeça, encarando a mãe, os dois olhos arregalados, iluminados e cheios de todas as cores de um campo de milho doce em plena colheita. Cora colocou as mãos sobre a boca para esconder que estava boquiaberta. Christopher sorriu e não disse nada.

— Mamãe? — perguntou Rini.

Sumi abriu os olhos e se sentou, fazendo Rini cambalear para trás, afastando-se da mesa. Sumi piscou para ela. Em seguida, Sumi piscou para o próprio corpo nu e refeito.

— Eu estava morta um segundo atrás e agora estou nua — anunciou ela. — Deveria me preocupar?

Kade gritou, e Christopher riu, e Rini soluçou; tudo estava diferente e tudo finalmente estava normal.

PARTE 5

O QUE

VEIO

DEPOIS

13
HORA DE IR

R ini segurou firme nas mãos da mãe, apertando até Sumi se afastar, dando um passo para trás.

— Não e não e não de novo, garota que está dizendo que é minha filha, em um dia claro quando posso ir para casa, em vez de ir para o local e a época em que estamos: não danifique a mercadoria. — Sumi sacudiu as mãos como se estivesse tentando afastar o toque de Rini antes de colocá-las nas costas e lançar seu olhar penetrante para Layla. — A porta que você assou, tem certeza para onde ela leva?

— Eu falei ao forno o que queria — disse Layla.

A porta era de biscoito de gengibre e bala dura, decorada com detalhes de cobertura que pareciam filigrana dourada e salpicada com um verniz fino de purpurina comestível. Parecia algo que ia se abrir para outro mundo. Nada mais fazia sentido.

— Você é a Confeiteira. — Sumi balançou a cabeça. — Sempre achei que você era um mito.

— Quando você está salvando o nosso mundo, eu sou. Eu vim depois de você — disse Layla e deu um sorriso meio tímido. Virou-se para olhar para Kade. — Lembrem-se do que eu disse. Não procurem por mim. Eu preciso encontrar a minha porta e isso significa que tudo precisa acontecer do jeito que eu me lembro de ter acontecido. Me deixem em paz.

— Eu prometo — disse Kade.

— Se você um dia voltar ao Brooklyn, ligue para nós — disse Christopher. — Aceitamos alunos o ano todo e seria legal saber que você iria para um lugar com rostos conhecidos.

— Vou me lembrar disso — comentou Layla e fez um movimento na direção da porta, que se abriu com preguiça, revelando apenas um rosa translúcido do outro lado. — Agora saiam daqui, para que a linha do tempo possa parar de ser amarrada por nós.

— Esperem! — disse Rini. Ela se lançou para a frente, puxando Sumi para um abraço bruto. — Eu te amo, Mamãe — sussurrou antes de deixar a mulher mais jovem ir embora e se afastar, secando os olhos com a mão totalmente restaurada.

Sumi pareceu perplexa.

— Eu não te amo — disse ela. Rini enrijeceu. Sumi continuou: — Mas acho que vou amar. Vejo você daqui a alguns anos, jujuba.

Ela se virou e foi em direção à porta, com os colegas de turma atrás.

A última coisa que Layla e Rini escutaram antes que a porta se fechasse foi Sumi perguntando:

— Por que Nancy não veio?

Então a porta se fechou e os desconhecidos sumiram. Pedaço por pedaço, a porta se desfez, juntando-se aos escombros que cobriam o chão. Layla olhou para Rini e sorriu.

— E aí? — perguntou ela. — O que você está esperando? Você tem uma caminhada de um dia até sua casa e eu aposto que seus pais querem vê-la.

O som que Rini fez foi metade risada, metade soluço, e ela logo saiu e começou a correr, deixando o ferro-velho e a garota que só queria fazer cookies para trás, lançando-se nas colinas radiantes de Confeitaria.

Quatro alunos partiram e quatro alunos voltaram, mesmo não sendo os mesmos, saindo de um buraco em forma de porta no ar e chegando a um gramado marrom seco no quintal. Eleanor estava em pé no alpendre da frente, sorrindo com nostalgia – uma expressão que se transformou em felicidade boquiaberta quando viu Sumi.

— Sumi! — gritou ela e desceu os degraus, movendo-se com mais rapidez do que uma mulher com aparência frágil deveria ser capaz. — Minha querida, você voltou!

— Eleanor-Ely! — gritou Sumi e se jogou nos braços de Eleanor, abraçando-a com força.

Kade e Cora se entreolharam. Haveria tempo, em breve, para contar a Eleanor tudo que tinha acontecido: sobre deixar Nadya para trás, sobre Layla, que um dia poderia se juntar a eles na escola, sobre as maneiras como o Absurdo pode ter uma base Lógica e como isso mudava a Bússola. Haveria tempo para Kade encontrar a família de Layla, para aproveitar a chance de observar alguém – de longe, sem jamais interferir – que estava prestes a ser escolhida por uma porta. Haveria tempo para muitas, muitas coisas. Mas, por enquanto...

Por enquanto, a única coisa que importava era o abraço entre uma mulher velha e uma garota jovem no gramado, sob um céu de outono claro e sem nuvens.

Todo o resto podia esperar.

14

A GAROTA AFOGADA

Bem. Talvez não *todo o resto*.
    Nadya sentou-se na margem do Rio das Almas Esquecidas, com uma perna dobrada no peito para poder apoiar o queixo no joelho. Tartarugas tomavam banho de sol na margem ao seu redor, os corpos de casca dura encostando no seu quadril e no seu tornozelo. Elas a seguiam aonde quer que fosse, um trem de acólitos dedicados lhe fazendo companhia neste que era o lugar menos sociável do mundo.
    Era legal estar de novo na companhia de tartarugas. As tartarugas da lagoa da escola (que parecia mais um sonho a cada dia lânguido e infinito que se passava aqui, o tempo definido pela batida da água nas margens do rio, pelo som ocasional de música vindo dos Salões) nunca quiseram passar um tempo com ela. Não havia magia suficiente no mundo em que nascera. Alguma magia funcionava lá – a flauta de Christopher, a imobilidade de Nancy quando ela era aluna, embora Nadya tivesse de admitir que não era nada em com-

paração com o que Nancy conseguia fazer aqui, em seu hábitat natural –, mas a maior parte da magia era simplesmente demais para as leis locais da natureza suportarem. Essas tartarugas, no entanto... eram tartarugas mágicas de verdade. Não conversavam com ela, não como as tartarugas de Belyyreka, e a maior era apenas do tamanho de um prato de jantar, em vez de ser larga o suficiente para servir de montaria, como sua amada Burian, que fora seu corcel e sua companheira mais querida no Mundo Afogado, mas a deixavam fazer cócegas nos cascos e acariciar os pescoços compridos e delicadamente ásperos. Deixavam-na existir entre elas, sempre molhada e sempre chorosa, e ela amava todas e odiava todas, porque eram um lembrete constante de que o que tinha aqui não era suficiente. Nada disso era suficiente.

— Odeio tudo — disse ela, pegando uma pedra na margem e a jogando com força sobre a água, observando-a atingir a superfície três, quatro, cinco vezes antes de afundar, juntando-se às outras que ela já havia jogado no fundo. Foi aí que ela congelou.

Ela havia segurado a pedra com a mão direita.

Nadya tinha nascido sem nada abaixo do cotovelo do braço direito, um artifício teratogênico de alguma coisa à qual sua mãe biológica tinha sido exposta na Mãe Rússia. Nadya tinha três mães: aquela que a gerou, o país que a envenenou e aquela que a adotou, uma turista americana em um passeio miserável pelo restante do mundo, bem-intencionada e disposta a assumir uma criança com "necessidades especiais" que não gostava de nada além de inundar o banheiro do orfanato brincando com as torneiras.

Sua terceira mãe tinha sido a primeira a colocar nela uma mão protética, que tinha beliscado e cravado a sua pele e não fez nada para melhorar sua qualidade de vida. As únicas coisas que ela não era capaz de fazer com uma só mão eram coisas que a prótese não ajudava a fazer *de jeito nenhum*, porque não tinha o controle motor fino necessário para passar esmalte nas unhas ou enfiar uma linha na agulha. Se fosse mais jovem, talvez, ou se tivesse desejado mais, mas o modo como tinha sido apresentada, como se fosse um presente maravilhoso que não tinha permissão para recusar, só tinha servido para lembrar a ela que, aos olhos da sua família adotiva, sempre seria a pobre garotinha órfã, deplorável e sem mão, aquela que eles precisavam *ajudar*.

Ela nunca tinha desejado esse tipo de ajuda. Só queria ser amada. Então, quando as algas marinhas perto da lagoa de tartarugas formaram algo parecido com uma porta, tão aberta e convidativa, ela nem se preocupou com os passos na margem enlameada. Chegara perto demais. Entrara cambaleando e se vira em outro lugar, um lugar que não queria ajudá-la. Um lugar que queria que *ela* ajudasse e prometera amá-la se fizesse isso.

Tinha passado uma vida inteira em Belyyreka e eles a chamavam de Garota Afogada, mesmo quando estava longe da água, e ela nunca pensou em como aquilo podia ser literal, não até cair em um rio e sentir mãos puxando-a pelos ombros, para fora da superfície, para longe do mundo real, voltando a um mundo falso, onde as mães a deixaram, uma após a outra, onde nada permanecia.

Em Belyyreka, ela escolhera a própria prótese, uma mão feita de água do rio, que podia decorar como quisesse, com algas e pequenos peixes e, uma vez, com um girino que cresceu e virou sapo no abrigo protegido da palma da sua mão, olhando para ela com o amor de uma criança antes de pular para encontrar a liberdade. Em Belyyreka, ninguém a xingara por não ter uma mão de carne e osso: eles a viam como uma oportunidade para que criasse uma ferramenta, uma arma, uma extensão de si mesma.

A mão tinha se dissolvido quando aquela vizinha solícita a vira flutuando de barriga para baixo na lagoa e a puxara para uma suposta "segurança". Ela pensou que tinha perdido a mão para sempre. Devagar, Nadya levou a mão direita até o rosto e a encarou, a carne translúcida, a pele ondulada. Não havia nada dentro. Baixou a mão esquerda, pousando-a na superfície da água. Uma tartaruga do tamanho de uma moeda subiu na sua mão. Levantou-a até a mão de água, deslizando-a pela superfície. Ela nadou um círculo satisfeito antes de levantar a cabeça para respirar, as narinas atravessando a "pele" entre os nós dos dedos esquerdos e direitos.

Nadya se levantou. A luz que refletia na água tinha formado a figura de uma porta ou um túmulo. Tinha dois metros e meio de comprimento e um metro de largura, e ela sabia que, se mergulhasse ali, ninguém poderia salvá-la. Ela realmente estava se afogando o tempo todo que estivera em Belyyreka? Tinha sido tudo uma mentira?

Mas a escola era real. A escola era real, e Christopher conseguia ressuscitar os mortos, e o cabelo de Cora era como um recife de corais, iluminado e impossível, e, se a magia fosse real, se sua mão de água fosse real, ela só começara a se afogar de verdade quando alguém tentou puxá-la. Tudo que tinha a fazer era acreditar. Tudo que tinha a fazer era ter certeza.

— Vamos partir em uma jornada, amiguinha — disse à tartaruga na palma da mão. — Ah, mal posso esperar para você conhecer Burian.

Nadya recuou, dando-se espaço para correr antes de saltar no ar, os pés apontados para baixo como facas, prontas para cortar a superfície da água. Pousou bem no meio do da porta que parecia um sonho, os olhos fechados, as mãos levantadas acima da cabeça, entrou no rio sem respingos ou ondulações e sumiu, deixando para trás nada além das tartarugas que a amavam.

Existe gentileza no mundo, se soubermos buscá-la. Se pararmos de recusar uma porta para ela.

SOBRE A AUTORA

Seanan McGuire nasceu em Martinez, na Califórnia, e foi criada em uma ampla variedade de locais, a maioria deles dotada de algum tipo de vida selvagem perigosa. Apesar de sua atração quase magnética por qualquer coisa venenosa, ela, de alguma forma, conseguiu sobreviver por tempo suficiente para adquirir uma máquina de escrever, um domínio razoável da língua inglesa e o desejo de combinar os dois. O fato de não ter sido morta por usar sua máquina de escrever às três da manhã provavelmente é mais impressionante do que não ter morrido por uma picada de aranha.

Descritos muitas vezes como um vórtice de surrealismo, muitos dos casos de Seanan terminam com coisas como "e aí nós conseguimos o antídoto", ou "mas tudo bem, porque acabou que a água não era tão profunda assim". Ela ainda está para ser derrotada em um jogo de "Quem aqui foi picado/mordido pela coisa mais estranha?" e é capaz de se divertir durante horas com quase qualquer coisa. "Quase qualquer coisa" inclui pântanos, longas caminhadas, longas caminhadas em pântanos, coisas que vivem nos pântanos, filmes de terror, ruídos estranhos, peças musicais, reality shows, histórias em quadrinhos, encontrar moedas de centavos nas ruas e répteis venenosos. Talvez ela seja a única pessoa no planeta Terra a admitir que usou o livro Filmes de terror dos anos de 1980, de John Kenneth Muir, como guia para marcar os filmes que via.

Seanan é autora das séries de fantasia urbana October Daye e InCryptid, e de vários outros trabalhos, tanto em livros únicos quanto trilogias ou duologias. Caso isso não seja o bastante, ela também escreve sob o pseudônimo Mira Grant. Em seu tempo livre, Seanan grava CDs de suas músicas de fã originais, ligadas à ficção científica e à fantasia. Também é cartunista, e desenha uma webcomic autobiográfica com postagens irregulares chamada "With Friends Like These..." [Com amigos assim...], além de produzir um número verdadeiramente ridículo de cartões artísticos. Por incrível que pareça, ela encontra tempo para fazer caminhadas que duram várias horas e postagens regulares em seu blog, assistir a uma quantidade doentia de programas de TV, manter seu website e ver praticamente qualquer filme que tenha as palavras "sangue", "noite", "terror" ou "ataque" no título. A maior parte das pessoas acredita que ela não durma.

Seanan vive em uma antiga casa de fazenda cheia de rangidos no norte da Califórnia, que ela divide com seus gatos, Alice e Thomas, uma vasta coleção de bonecas sinistras e filmes de terror, além de livros em quantidade suficiente para qualificá-la como um risco de incêndios. Ela tem crenças firmes e frequentemente expressas sobre as origens da Peste Negra, dos X-Men e da necessidade de motosserras no dia a dia.

Depois de anos escrevendo blurbs para livros de programas de convenções, Seanan adquiriu o hábito de escrever todas as suas biografias em terceira pessoa, para que soem levemente menos bobas. Ênfase no "levemente". É bem provável que não ajude o fato de ela ter tantos hobbies assim.

Seanan foi a ganhadora do Prêmio John W. Campbell de Melhor Autora Estreante em 2010, e seu romance *Feed* (como Mira Grant) foi indicado como um dos Melhores Livros de 2010 pela Publishers Weekly. Em 2013, ela se tornou a primeira pessoa a ser indicada cinco vezes na mesma edição do prêmio Hugo.

Seananmcguire.com

Esta obra foi composta pela Desenho Editorial
em Caslon Pro e impressa em papel Pólen Soft
70g com revestimento de capa em Couché Brilho
150g pela Corprint para Editora Morro Branco
em fevereiro de 2020